AF185736

Impressum:

© 2018 by Marc Götzen
Umschlagbild und -gestaltung: Marc Götzen
Lektorat u. Satz: Angelika Fleckenstein, spotsrock

Verlag und Druck tredition GmbH, Halenreie 40-44, 20359 Hamburg

ISBN: 978-3-7469-2759-6 (Paperback)
        978-3-7469-3584-3 (Hardcover)
        978-3-7469-2761-9 (e-Book)

Bibliografische Information der Deutschen Nationalbibliothek: Die Deutsche Nationalbibliothek verzeichnet diese Publikation in der Deutschen Nationalbibliografie; detaillierte bibliografische Daten sind im Internet über http://dnb.d-nb.de abrufbar.

Marc Götzen

Bones

Meine Ausflüge ins Leben

Das Vorwort

Hallo, Freunde auf vier Pfoten!

Mein Name ist Bones Götzen, und das Buch schreibe ich für uns Hunde. Es sind Kurzgeschichten, in denen ich meinen Alltag schildere. Auch meine Meinung zu Themen, die mich berühren, werden im Buch bearbeitet.

Lasst euch überraschen und viel Spaß bei der Lektüre. Wenn es euch gefällt, könnt ihr mich gerne auf Facebook besuchen.

Inhaltsverzeichnis

Wie alles begann ... (1.11.2011)

Hallo Freunde der Unterwassergeburten!

Ich muss gestehen: So richtig kann ich mich nicht mehr erinnern, wie alles begann …

Woran ich mich genau erinnern kann: Meine Mama ist eine tolle Lady! Sie war es, die meinen schwarzen Labrador-Körper (na, zumindest das meiste davon ist Labrador) auf die Welt gebracht hat. Meinen Vater habe ich nie getroffen, hat sich beizeiten aus dem Staub gemacht (ist unter Hunden aber nichts Ungewöhnliches).

Die erste Menschenfamilie war leider nicht so nett wie Mama. Kaum bei der neuen Familie angekommen, fand ich mich – mit gerade einmal sechs Monaten – ganz alleine im Wald wieder; ohne Rudel, ohne Essen, ohne Wasser, ohne Mama.

Als mich dann Leute im Wald fanden (komplett abgemagert), haben sie mich in ein Tierheim gebracht. *Na super*, dachte ich, *jetzt bekomme ich was zu essen, bin aber eingesperrt wie im Gefängnis.* Zum Glück kamen nach nur siebenmal schlafen Herrchen und Frauchen ins Gefängnis, auf der Suche nach einem Weggefährten fürs Leben, und somit wendete sich für mich das Blatt zum Guten.

Als Erstes gingen wir drei im Wald spazieren, und dann haben wir noch mit dem Ball gespielt.

Wieder zurück im Knast hörte ich, wie Herrchen sagt: „… eine Nacht drüber schlafen …". Zum Glück erwiderte Frauchen was, daraufhin nickte Herrchen, und der Mann vom Knast sagte: „Dann können Sie ihn mitnehmen".

Wir also ab ins Büro vom Gefängnisdirektor. Herrchen und der Schließer von der Zelle besprachen noch dies und das, während ich es mir an Frauchen Füßen schon mal gemütlich gemacht und den Dackel-Blick aufgesetzt hatte. (Ich musste auf Nummer sicher gehen. Denn nur *ein* Blick in meine dunkelbraunen Augen, und die Frau verlässt das Heim nicht ohne mich).

Dann stellte der Gefängnisdirektor eine wichtige Frage: „Wie soll er denn heißen?"

Und Frauchen antwortete wie aus der Pistole geschossen: „Bones!"

Na, damit kann ich gut leben, dachte ich. Nachdem alle Formalitäten erledigt waren, trabte ich fröhlich neben ihnen her zum Auto.

Ich dachte, es könnte kaum besser werden, aber dann fuhren die beiden mit mir direkt ins Hundeparadies. Genossen, da gab es alles, was das Herz begehrt! Essen, Spielzeug, tausend interessante Gerüche, andere Hunde … Selbst für die unter uns, die es gerne strenger haben, war was dabei, wie Halsbänder (für die ganz harten sogar mit diesen langen Stacheln), Maulkörbe, Leinen. Nachdem wir vom Trinknapf bis zum neuen Halsband alles Mögliche eingekauft hatten, ging es nach Hause.

Was soll ich sagen? „Ich bin angekommen!"

Das neue Zuhause (7.6.2012)

Gerade waren wir noch im Paradies für Hunde, und schon zeigten mir Herrchen und Frauchen das neue Heim.

Als gute Gastgeber führten sie mich rum und zeigten mir, wo ich schlafen werde und wo mein Rückzugsort ist … Nur ein Zimmer darf ich nicht betreten, und das ist das Badezimmer.

Es kamen noch paar Regeln hinzu, wie zum Beispiel: nicht ins Menschenbett, nicht aufs Sofa … Fragt mich nicht, warum ich da nicht hin durfte, aber weil ich mich benehmen kann, akzeptierte ich die Regeln stillschweigend. Im Gegenteil, ich fand die konsequente Anleitung sehr gut. Schließlich sollen die beiden das Rudel führen, und das geht nun mal nicht, wenn jeder macht, was ihm gefällt.

Zum Haus gehörte auch ein schöner großer Garten.

Ich seufzte zufrieden: Vor nicht allzu langer Zeit war ich noch im Wald, anschließend im Knast und jetzt in einem liebevollen Rudel zu Hause. Ich betrachtete zufrieden diesen gelungenen Start in mein neues Leben als „Bones".

Ich sage immer: „Das Leben ist wie eine Busfahrt. Leider sind wir nur Fahrgäste und sitzen nicht am Steuer. Wir wissen weder wer, noch wann jemand zu- oder aussteigt noch wo oder wann unsere Endstation kommt."

Für alle, die noch ein schönes Zuhause suchen, drücke ich die Pfoten. Für mich konnte es nicht besser laufen.

Mein neues Rudel (2012)

Das Rudel bestand also aus Frauchen, Herrchen und mir.

Ich weiß schon, was ihr denkt: Das ist aber ein kleines Rudel. Ja, es ist klein, aber die beiden sind toll!

Ich merkte schnell, welche Regeln im Rudel galten. Die Rudelführer zeigten sich bestimmt, sehr konsequent, streng, aber auch liebevoll, fürsorglich, stets aufmerksam. Genau, wie wir Hunde es wollen. Die Rudelführer bestimmten und entschieden, und ich konnte mich den wichtigen Dingen widmen, wie: Essen, Schlafen, Wachen, Dösen (was nicht das Gleiche, wie Schlafen ist), Spielen, Rennen, Trinken usw.

Trotz ihrer vielen Arbeit, nahmen die beiden sich ausreichend Zeit für mich. Jeden Tag bekam ich mindestens zwei Stunden meinen Auslauf. Entweder fuhr Herrchen mit mir Fahrrad (also er fuhr, ich lief) oder sie spielten Ball mit mir und vieles mehr.

Dabei wäre die Definition „Spielen" noch zu klären. Sie warfen den Ball, und ich durfte rennen (hinter dem Ball her zu rennen machte mir auch viel Spaß, nur das Zurückgeben nicht). Öfter spielten wir verstecken. Das sah dann folgendermaßen aus: die zwei versteckten ein Leckerchen, das ich dann suchen durfte und als Belohnung genüsslich verspeisen konnte.

Mein Rudel mag klein sein, aber es ist das Beste, das ich mir vorstellen kann.

Meine Freunde (2012)

Hallo Freunde der kalten Nächte!

Auch wenn ich nicht mehr ganz genau weiß, wen ich als Erstes von meinen Freunden getroffen habe, sind sie mir alle ans Herz gewachsen.

Ich glaube, es war Lyla, das muskulöse Dalmatinerweibchen, mit der ich meine ersten Ausflüge gemacht habe. Natürlich immer in Begleitung einer Anstandsdame, in Gestalt meines Frauchens oder Herrchens. Zu Lyla kann ich nur sagen, ein Körper – faszinierend – und die konnte rennen! Ich kam sehr gut mit ihr aus, aber ich sah auch, wie sie mit Hunden umsprang, die sie nicht so mochte. Na, sagen wir mal so, ich war froh, dass ich zu der Gruppe gehörte, die sie gern hatte.

Dann gab es noch Rocky, meinen besten Freund, ein großer starker Kerl. Rockys neustes Rudelmitglied war sein Sohn Rusty, den musste man einfach liebhaben. Zu Rockys Rudel gehörte auch noch der kleine Dackel Benny.

Im Laufe der Zeit kamen immer mehr Freunde dazu, und einige gingen auch wieder. Mit denen, die geblieben sind, treffe ich mich noch immer mindestens einmal pro Woche sonntags auf der Wiese.

Alles tolle Hunde. So wie Emmy, die eher still ist und mir in einem Moment der Unaufmerksamkeit gerne mal den Ball klaut. Und Luna, die immer so gut riecht und meine beste Freundin ist.

Sie bleibt auch schon mal über Nacht. (Nee, nicht was ihr denkt. Ihr Rudel ist dann im Ausland, und sie soll nicht alleine bleiben).

Socke und Perla sind Nachbarn.

Kira, Samba und Aysha, das sind klasse Weibchen, wobei ich bei Frauen immer vorsichtig bin, nach meinem ersten Kuss von Phoebe. (Die Geschichte kommt später).

Chester – ein toller Typ. Leider sehen wir uns selten (schade). Dann gibt es noch Balu und Rio.

Hoffentlich habe ich an alle gedacht … –

Ich freue mich schon wieder auf Sonntag. Dann treffe ich die Bande und kann ich mich mal wieder richtig gut amüsieren.

Ein guter Gastgeber

Hallo Freunde der guten Manieren!

Gestern waren Rocky und Benny zu Gast bei mir.

Das hat richtig Spaß gemacht! Ich kann keine Einzelheiten verraten. Frauchen liest das Buch auch, und was sie nicht weiß, macht sie nicht heiß. Nur so viel: Langeweile hatten wir nicht, und die Kräuter im Garten sollten gut abgewaschen werden, bevor sie ins Essen wandern. (Noch besser wäre es, wenn die Kräuter abgefackelt werden, sicher ist sicher). Übrigens: Frauchen …, ähm … das Loch im Garten, das war schon so und die paar umgeknickten Blumen, das war der Wind.

Nachteilig ist, egal welche Freunde da sind, der Garten wird kontaminiert mit Duftnoten, und ich bekomme nicht mehr die Aufmerksamkeit, die mir gebührt.

Der Rocky ist ja mein bester Freund, aber wie der sich an mein Frauchen ranmacht, grenzt schon an Kidnapping. Ich habe mich immer wieder in den Mittelpunkt gebracht und trotzdem hat Rocky die meisten Streicheleinheiten bekommen. (Wie macht der das?)

Wenn ich das nächste Mal bei ihm zu Gast bin, steht meine Mission fest! Soll er merken, wie es ist, wenn man zu Hause nur die Nebenrolle spielt. Ich trainiere mit Dackel Benny persönlich den „Dackel-Blick", um meinen zu perfektionieren, und Rocky hat dann keine Chance mehr. Wenn es um mein Frauchen geht, verstehe ich keinen Spaß.

Die Frau in Weiß (2012)

Hallo Freunde der Trennkost!

Die nachfolgende Geschichte handelt von meiner ersten Operation.

Ich war noch jung und hatte keine Vorurteile. Das sollte sich schnell ändern, an dem Tag, als ich den Schlächter aus dem Dorf kennenlernte …

Wie ihr alle wisst, müssen alle, ob Mensch oder Tier, regelmäßig zum Arzt. Ärzte (für die von euch, die noch nie da waren) sind die Zweibeiner im weißen Kittel, die einem in alle Körperöffnungen schauen.

Der Schlächter, ich nenne sie auch gerne Satan, begegnete mir in Gestalt einer Frau. Es begann bereits in der Vorhölle. (Auf der Türe stand zwar „Wartezimmer", aber wer schreibt schon „nehmen Sie in der Vorhölle Platz" an seine Türe?). In diesem Raum roch es nach

Angst, und es herrschte eine Stimmung, die mir das Blut in den Adern zu Eiskristallen erstarren ließ. Trotz meines schlechten Gedächtnisses, werde ich diese Worte nie mehr vergessen: „Der Nächste!", und alle schauten mich an (schluck). Das komplette Rudel (Frauchen, Herrchen und ich) bewegte sich in das Zimmer (die Hölle), wo Satan schon auf uns wartete. Sie sollte sehr gut sein in dem, was sie machte, sprach man hinter vorgehaltener Hand. Mir erschloss sich leider nicht, was sie so alles machte, wenn keine Zeugen anwesend waren.

Hätte ich gewusst, dass das Leckerchen vorne nur zur Ablenkung der Spritze hinten diente, hätte ich meine Fresssucht unterdrückt. Dann weiß ich nur noch, wie ich müde wurde und einschlief. Was mir jedoch gut in Erinnerung blieb, ist, dass ich mit einem Trichter um den Hals und einer deutlich höheren Belle aufgewacht bin.

Das macht die Geschichte zwar nicht spektakulär, aber wenn Herrchen und Frauchen über diesen Vorfall reden. Da fallen so Worte wie „… daran gezerrt, wie ein Stück Vieh", „… kein Mitgefühl", „… Schlachthof". Erschütterndes Fazit zu dieser Gestalt in Weiß: „Fachlich kompetent aber menschlich ein Krüppel!" Wie ihr euch vorstellen könnt, ist das eine Erfahrung gewesen, auf die ich gerne verzichtet hätte.

Zum Glück war es das letzte Mal, dass ich in diese Teufelsfratze blicken musste. Nach dieser grausigen Erfahrung haben Herrchen und Frauchen beschlossen, in diese Hölle nie wieder einen Fuß zu setzen. Jetzt gehen wir zu einer netten und mitfühlenden Ärztin.

Das Spiel (2012)

Hallo Freunde der gehobenen Konversation!

Mein Herrchen nimmt oft was mit, wenn wir Gassi gehen, mal einen Ball oder eine Frisbee-Scheibe. Egal was, er wirft es nach ein paar Metern weg. Nett, wie ich nun mal bin, hole ich es. Ich bin auch so aufmerksam und bringe es ihm (na gut, bis auf drei Meter). Ihr ahnt es schon, er hat nichts Besseres zu tun, als das Spielzeug immer wieder wegzuwerfen. So beginnt das sogenannte Spiel von vorne. Egal, wie oft ich den Gegenstand bringe, er wirft ihn weg, und wenn ich nach fünf, sechs Mal keinen Sinn darin sehe, es ihm immer wieder vor die Füße zu legen (vor die Füße ist vielleicht übertrieben) und es behalte, heißt es „AUS!".

Ich lasse es fallen, und dann nimmt er sich das Teil, und … Na? Was denkt ihr? Richtig! Er wirft es wieder weg! Jetzt denkt aber nicht, dass der feine Herr es selbst holt. Nein, dann soll ich wieder laufen. Ich frage mich ernsthaft. wozu er zwei gesunde Beine hat?

Was ich einfach nicht verstehe: Wieso darf ich das Ding nicht behalten, wenn ich es geholt habe? Um dem Ganzen jetzt entgegen zu wirken, habe ich mir eine Strategie ausgedacht. Er wirft es, ich hole es und … behalte es. Das gefällt ihm nicht. Er ruft „AUS!", und ich laufe ein paar Meter hinter den Zaun oder eine Hecke, sodass er nicht drankommt, und dann lasse ich es fallen.

So habe ich den Befehl von meinem Rudelführer brav ausgeführt, aber ich muss nicht gleich wieder losrennen und das Teil suchen. Na klar, er redet auf mich ein: „Bring den Ball, los, bring den Ball." Im Normalfall hat er es aber dann nach drei, vier Mal verstanden und geht weiter, ohne auf den Ball zu bestehen.

Herrchen ist schlau und versteht schnell, und es hat gar nicht lange gedauert, um ihm das beizubringen. Ich bin sehr zufrieden mit den Fortschritten seiner Konditionierung. Jetzt brauche ich ihm nur noch zu zeigen, wie er den Ball selber findet, und die Spaziergänge werden künftig viel entspannter! – Nein, das war ein Scherz. Ich mag es, die Bälle zu suchen und zu holen. Nur das Abgeben fällt mir eben schwer.

Meine erste große Liebe (2012)

Hallo Freunde der sozialen Netzwerke!

Phoebe, eine haselnussbraune Labradorlady, sollte meine erste Liebe werden. Bei unserer ersten Begegnung, war es elektrisierend! Eine Mischung aus Aufregung und Vertrautheit, ein unvergesslicher Moment.

Obwohl wir Nachbarn waren, habe ich sie nur selten getroffen. Leider ging ihr Frauchen nur manchmal zu den Zeiten Gassi, wenn auch ich unterwegs war. Bei den wenigen Gelegenheiten, in denen wir zusammen Gassi gingen, verging die Zeit wie im Fluge. Ihr zauberhaftes Lächeln durchdrang mich, wie ein warmer Sonnenstrahl. Unvergesslich sind sie, diese bernsteinfarbenen Augen, deren sanfter Blick aus meinen Beinen Wackelpudding machte; und erst dieses Temperament … Sie hatte Feuer! Wer würde da nicht schwach werden?

Wir sind zusammen gelaufen, haben Bälle apportiert – na, sie zumindest. Ich habe das nicht so mit dem Bringen bis an die Füße. Wie sie duftete, und dieser Körper … einfach zum darnieder Knien! Wenn wir uns morgens auf der taunassen Wiese trafen, ihr Fell im Wind wehte und die hoch fliegenden Wassertropfen auf ihrem Fell abperlten, war es, als würden die Sonnenstrahlen direkt in mein Herz treffen.

Ich habe jede Minute mit ihr genossen. Ich fürchte, sie hatte nicht so starke Gefühle für mich, wie ich für sie. Aber das war mir egal. Wer noch nie verliebt war, kann das nicht nachvollziehen.

Leider haben ihre Mitbewohner ein Haus gebaut und sind im Jahr 2015 weggezogen.

Mein Leben war perfekt, bis zum 9.4.2014 …

Mein erster Kuss (9.4.2014)

Ich erinnere mich genau: Es war am 9.4.2014.

Am Abend ging ich mit Frauchen auf die verhängnisvolle Wiese. Auf dem Weg dorthin, begegneten wir Lyla mit ihrem Frauchen. Sie schlossen sich uns an. Lylas Frauchen hatte einen Ball dabei, der angeblich „nicht kaputt" gehen konnte.

Als wir an Phoebes Haus kamen, begleitete sie uns mit ihrem Frauchen auf die Weide. Somit waren wir zu sechst. Wir Hunde liefen herum, als der Ball flog, und übermütig rannten wir – Phoebe und ich – zum Ball. Ich hatte nur Augen für Phoebe und Phoebe nur Augen für den Ball, so knallten wir mit den Köpfen zusammen (mein erster Kuss). Nachdem wir so heftig zusammengestoßen waren, tat mir

mein Maul weh. Ich fühlte mit meiner Zunge, dass der hintere Reiß-
zahn zersplittert war. Ich taumelte zu Frauchen.

Die wurde ganz blass. Sah aber auch nicht schön aus, mit dem Blut,
das mir aus dem Maul lief. Frauchen fuhr dann mit mir zur Klinik. In
dem Krankenhaus (für Tiere) bin ich auf einer Metallliege abgelegt
worden. Man stülpte mir eine Maske über meine Schnauze, und
prompt wurde ich ganz müde. Als ich aufwachte, stand Herrchen da,
aber der Zahn war weg (andersrum wäre mir lieber gewesen), und mir
brummte der Schädel, als hätte ich drei Nächte durchgefeiert.

Mit Phoebe, das hat sich erledigt! Denn mit der Zahnlücke, die bei ihr
von dem Zusammenstoß zurückblieb, verschwand auch ihr zauberhaftes Lächeln.

Außerdem: Leidenschaft ist nur eine Eigenschaft, die Leiden schafft!
Und überhaupt, wenn nach jedem Kuss ein Zahn fehlt und mir am
Tag darauf der Kopf dröhnt, kann ich gerne auch auf Weibchen ver-
zichten (die ohnehin nur Augen für den Ball haben). Was ist das für
eine Welt, wo Reißzähne zersplittern und Bälle „unzerstörbar" sind?

Der Stadtpark (ab 2012 immer wieder)

Hallo Freunde der guten Laune!

Das Rudel fährt ein paar Mal im Jahr in die große Stadt. Ich habe
gehört, wie Herrchen und Frauchen in dem Zusammenhang über
„Düsseldorf" sprachen. Also wird die Stadt Düsseldorf heißen. Dort
besuchen wir gute Freunde. Also die Freunde von meinen Mitbe-

wohnern (so und auch noch anders nenne ich meine Rudelführer manches Mal), aber ich habe die drei auch sehr gerne. Die leben in einer Wohnung im vierten Stock – ohne Aufzug. Für die Hunde, die nicht wissen, was eine Wohnung ist, hier die Erklärung: Das ist das Gleiche wie ein Haus, nur kleiner und ohne Garten. Um da hinzukommen müssen wir viele Treppen laufen, und ich hasse Treppen (dazu später an anderer Stelle mehr).

Nachdem die Menschen getrunken, gegessen und gelacht hatten, gingen wir in den Park. Im Park spielten immer meine Sinne verrückt! Was es da so alles gab, irre! Völlig abgefahren, sag ich euch!

Ich lebe ja auf dem Land, und da gibt es schon eine Menge zu riechen, aber in der Stadt … – Junge, Junge – das ist die reinste Reizüberflutung. Was sich da alles am Boden befindet!

Zu Hause rieche ich beim Gassi gehen fünf bis neun Hunde, die da lang gegangen sind und was die Kühe, Rehe, Füchse und die Gänse so hinterlassen haben.

In der Stadt hingegen gab es Gerüche von zehn bis hundert Hunden und allerlei Essensreste zu entdecken. Dann gab es Getränkedosen, Plastikflaschen und sonstigen Kram, den die Menschen auf den Boden entsorgten.

Ja, und nach dieser intensiven Nasen-Erfahrung erreichten wir schließlich den Park mit dem großen See. Der See war das Beste in Düsseldorf! Wenn es nicht so aggressive Schwäne gäbe. Die greifen jeden grundlos an!

Ich liebe es, wenn jemand was ins Wasser wirft, das ich dann rausholen kann. So auch an jenem Tag im Park. Ich wollte mein Spielzeug holen, und da kam dieser Schwan direkt auf mich zu und plusterte sich auf, als gehörte ihm der See. Was dachte der sich denn?! Aufplustern reichte ihm nicht, der ging wie ein Geisteskranker auf mich los. Tickte der noch sauber?! Der See war doch groß genug für uns alle. Blödmann!

Das war nur der See, im Park gab es noch viel mehr: einen Wasserfall, andere Hunde und spielende Kinde, die scheinbar ihren Ball gar nicht haben wollten. Ich beobachtete, wie ein Kind den Ball zu einem anderen Kind schoss, das ihn aber auch nicht wollte, denn es schoss den Ball sofort wieder zurück. Das schaute ich mir eine Weile lang an, dann handelte ich: Weil ich so ein netter Kerl bin, nahm ich mich des Balles an. (Ich mag Bälle!) Aber so ganz begeistert waren die beiden Kinder nicht. Als Frauchen das bemerkte, musste ich den Ball zurückgeben (was für eine Verschwendung). Ganz ehrlich? Das soll mal einer verstehen. Menschen sind merkwürdig.

Dann gibt es Leute, die laufen kreuz und quer durch den Park. Das sind Menschen in allen Größen und in jedem Alter. Ihr merkt es schon, ich bin immer ganz konfus, wenn ich nur daran denke, was in so einem Park alles los ist.

Tja, und das war ja bis jetzt nur der Weg zum und durch den Park. Gerne würde ich die ganze Stadt mal sehen. So ein reges Treiben, wie in einer Stadt, kenne ich ja sonst nicht. Ein Stadtrundgang, glaube ich, würde sehr viel länger dauern, als der Spaziergang durch unser Dorf. Schon allein wegen den Autos. Ihr müsst nämlich wissen, dass Herrchen mich bei jedem Auto, das an uns vorbei will, am Straßenrand (ohne Fußweg) „SITZ!" machen lässt. Hier auf dem Land kommen ja nur fünf Autos vorbei … Nun stellt euch mal die zahllosen Autos in einer großen Stadt vor … ich säße mehr, als dass ich laufen würde. Von einem „Rundgang" könnte da keine Rede mehr sein.

Somit werde ich mich mit gelegentlichen Ausflügen in diesen Park zufrieden geben müssen. Herrchen hatte bemerkt, wie gerne ich die

Stadt hatte und einen Kompromiss für mich gefunden. Er kam auf die glorreiche Idee, mit dem Auto durch die Stadt zu fahren. So konnte ich zwar alles sehen. Der Haken ist aber, dass wir Hunde lieber riechen, als sehen.

Ein typischer Fall von: ‚Gut gemeint ist nicht, gut gemacht'. Aber im Sinne von Olympia: Dabei sein ist alles, und der gute Wille zählt!

Mein eigenes Reich (2012)

Hallo Freunde der Nachbarschaftshilfe!

An dieser Stelle muss ich sagen: Mein Herrchen ist ein toller Kerl (also für einen Menschen).

Der hat mir eine Hundehütte, eigentlich ist es ein Hundehotel, gebaut. Das Teil ist mit einer kompletten Glasfront versehen, und es passen mindestens vier Hunde rein. Mit einem überstehenden Dach, damit es nicht reinregnet und die Sonne nicht so reinscheinen kann. Er hat es von allen sechs Seiten mit dem Zeug gedämmt, mit dem auch die Menschenhäuser gedämmt werden (er denkt eben an alles).

Herrchen ist jetzt nicht der geborene Handwerker (dumm stellt er sich aber auch nicht an, ihm fehlt die Erfahrung), somit ist der Palast nicht perfekt. Aber er hat ihn mit Liebe gebaut.

Jetzt steht das Teil da und wirft riesige Schatten auf den Garten. Dabei gehe ich nicht einmal hinein.

Ich kann mir schon denken, was in euren Köpfen vorgeht. So etwas wie: „Andere Hunde in Spanien wären froh, ein Dach über dem Kopf zu haben."

Die Bude ist mir viel zu groß, ich verlaufe mich regelmäßig darin. Zudem liege ich gerne im Garten und genieße den Morgenregen. Schatten finde ich auf dem Anwesen auch überall. Kurzum: Ich brauche den Palast nicht! Damit Herrchen aber nicht in Tränen ausbricht, gehe ich hin und wieder rein, um mir ein Spielzeuge zu holen. Wenn ich mal ehrlich bin, benutze ich den Koloss nur als Abstellkammer.

Die Menschen verstehen nicht, dass wir Tiere keine Statussymbole brauchen. Er hat es ja gut gemeint und konnte nicht ahnen, dass ich gerne im Regen liege.

Wenn er mich da reinschickt, kommt es mir vor, als würde er mich ins Kloster stecken, um in der riesigen Kathedrale Buße zu tun. Aber als Abstellkammer ist das Ding prima geeignet!

Die Treppe (2013)

Hallo Freunde der Gefahr!

Niemand kann behaupten, dass sich meine Rudelführer nicht auf mich vorbereitet hätten. Im Gegenteil!

Da brauche ich nur mal ins Bücherregal zu schauen. Da wimmelt es von Büchern über Hundeerziehung und Hundetraining bis hin zur Gesundheit. Trotz alledem brauchten sie Hilfe von einem Hundetrainer, um die Kleinigkeit mit den Stufen in den Griff zu bekommen. Habe ich erwähnt, dass ich ungern Treppen laufe?

Ok, ich hatte richtige Angst vor Treppen!

Jetzt ist es raus. Das lässt mich zwar schwach aussehen, aber haben wir nicht alle Angst vor irgendetwas?

Bei mir waren es nun die Treppen. Unvergesslich ist mir, wo man mit mir überall zum Üben war. Die krasseste Erfahrung machte ich in Aachen in der Nähe des Bahnhofs.

Eine Unterführung. Meine Güte! Hat das dort gestunken! Und wenn ich, der sich gerne zum Tarnen in Fuchskacke wälzt, das sage, heißt das was! Abgesehen von dem Geschmiere an den Wänden und dem, was da alles herumlag; wie Dosen, zerbrochenes Glas …

Was sollen wir Hund schon von den Zweibeinern anderes erwarten?! Die denken nicht daran, dass wir keine Schuhe an unseren Pfoten tragen, sie werfen eine Flasche weg, die splittert … und mit dem Rest habt ihr sicher eure eigenen Erfahrungen schon gemacht.

Das war kein schöner Ort, und ich wollte so schnell wie möglich weg. Dazu musste ich aber meine Angst überwinden und die Treppen raufgehen.

Und was soll ich euch sagen: Ich fand es plötzlich richtig nett in dem Loch, denn die Treppen hoch zu gehen, war für mich in dem Moment keine Alternative. Nach einer Weile wurde es uns dann doch allen zu dumm, und ich ließ mich notgedrungen überreden, die Unterführung zu verlassen.

Der eigentliche Durchbruch zur Überwindung meiner Angst kam aber, als Herrchen mit mir im Haus übte, um meine Treppenphobie in den Griff zu bekommen. Endlich verstand ich, dass keine Gefahr von der Treppe ausgeht. Manche Treppen mag ich zwar immer noch nicht, aber in meiner alltäglichen direkten Umgebung habe ich keine Probleme mehr.

Der Überfall (2013)

Hallo Freunde der sportlichen Betätigung!

Mein Herrchen sagt immer: „Seit ich die Menschen kenne, liebe ich die Tiere!" Dann ist er aber noch nicht den nazistischen Psychopathen begegnet, mit denen ich schon zu tun hatte.

Mal unter uns Hunden der gepflegten Konversation: Warum beißen Hunde andere Hunde? Dass die Menschen sich gegenseitig fertigmachen, ist schon bekloppt, aber wir Hunde sollten es besser wissen!

Unvergessen bleibt mir die Begegnung mit der Schäferhündin, die in einem schrecklichen Zuhause aufgewachsen ist. Zum Glück hat ein netter Mensch (der genauso aussah und roch, wie mein Trainer) sie aufgenommen.

Eine schlechte Kinderstube ist in meinen Augen aber kein Grund, auf seine Artgenossen loszugehen.

An besagtem Tag besuchte mein Rudel ein anderes Rudel. Dieses bestand aus einem Labrador und zwei Schicky-Micky-Handtaschenhunden sowie besagter Schäferhündin.

Nachdem wir schon eine lange Zeit zusammen Gassi gegangen und fast wieder beim Gastgeber angekommen waren, spielten wir noch was auf der Wiese. Unter anderem auch mit einer Wurfscheibe, die

die Schäferhündin als Erste erreichte. Und auf meine höfliche Frage: „Ob wir die Scheibe gemeinsam tragen sollten", flippte die durchgeknallte Alte komplett aus. Sie stürzte sich auf mich und rammte mir ihren Eckzahn in die Hüfte.

Die hat sie doch nicht mehr alle, dachte ich entsetzt. (Man wird doch noch fragen dürfen.)

Eigentlich kann sie aber nichts dafür, denn in ihrem Leben gehörten Schläge zum Alltag und sie dachte, es sei die einzige Methode, sich zu behaupten. Mit dem neuen Besitzer hoffe ich für sie, wird sich das ändern.

Dann gab es noch die zwei Köter, die ich ein paar Monate später auf meinen morgendlichen Rundgang traf. Es begann folgendermaßen: Herrchen nimmt gerne mal das Fahrrad, um eine kleine Trainingseinheit für uns einzulegen. So auch an diesem Tag …

Wie üblich starteten wir morgens mit dem Training (Gassi) und kamen an diesem stinkenden Schweinestall vorbei (wenn wir Hunde *stinken* sagen, ist das eine Aussage). Wir kamen also an die stinkende Bude mit dem Namen „Bauernhof" herangefahren (ich natürlich gelaufen).

Herrchen denkt stets mit und macht mich von der Leine los, damit ich mich besser bewegen kann (falls eine Flucht nötig ist, obwohl das für mich bis dahin keine Option war).

Als wir die beiden Köter sahen, kamen die Resteverwerter auf vier Pfoten auf mich zu und bissen mich, ohne Grund! Ich dachte, die wollten mich begrüßen, und blieb stehen. Doch stattdessen fielen die über mich her. Herrchen, ein paar Meter vor mir fahrend, hatte nichts mitbekommen.

Die Aktion dauerte nur ein paar Sekunden, und als Herrchen sich umdrehte, um nach mir zu sehen, waren die zwei hinterlistigen Feiglinge schon weg.

Da Herrchen nichts ahnte, setzte er die Runde fort. Ich wollte mir jetzt auch nichts anmerken lassen und lief fleißig mit. Zu Hause bei der Wäsche fiel Herrchen dann das Blut auf, das aus meiner Wunde tropfte. Ich mache Herrchen keinen Vorwurf. Er konnte nichts dafür. Weder konnte er die Situation richtig einschätzen (wie soll er das schaffen, wenn ich es nicht konnte) noch wusste er von meiner Wunde.

Was habe ich daraus gelernt? Erstens: Nicht alle Kollegen sind nett und zweitens: Der Nächste, der mir blöd kommt, wird meine dunkle Seite kennenlernen … (*räusper* Ihr ahnt es schon: alles nur Gerede von mir! Ich kann keiner Fliege was zuleide tun).

Es gibt auch schlechte Tage (20.5.–29.10.2014)

Hallo Freunde der schnelllebigen Zeit!

Oh ha! Kollegen, ich habe eine Woche hinter mir …

Herrchen und Frauchen hatten frei. Das hat Vor- und Nachteile. Ganz klarer Vorteil ist, dass es richtig Spaß macht, den ganzen Tag im Rudel was zu unternehmen. Wir waren unter anderem ein paar Mal schwimmen und haben auch sonst viel zusammen unternommen. Der Nachteil ist: Die haben den ganzen Tag ein Auge auf mich – und was soll ich sagen, wer sucht, der findet auch was.

Nur weil ich schlecht aufstehen kann, nachdem ich lange gelegen habe, machen die beiden ein Fass auf.

Also wir drei zur Klinik. Die wollten ein Foto von mir machen, worauf die dann auch meine Knochen sehen. (Keine Ahnung, wie das gehen soll?)

Dazu ist es aber nicht gekommen. Der Mann in Weiß schaute auf mich, ließ mich den Flur mal rauf und runter laufen und sagte: „Ich sehe schon. Ihr Hund hat eine Fehlstellung der Beine."

Na, dann wurde es ganz gruselig. Der Kittelträger rannte aus dem Zimmer und holte einen unserer Kollegen. Der bestand aber nur noch aus Knochen (definitiv tot!). Dann erklärte der Halbgott in Weiß meinen Rudelführern anhand des Knochengerüstes: „So sollen die Beine stehen …" und faselte noch was von „Arthrose". „Nicht mehr mit dem Ball werfen, Entzündung, Medikamente, OP, …"

Stopp, noch mal zurück zu dem wichtigen Teil: nicht mehr den Ball werfen? Wo lebt der? Ich soll nicht mehr meiner absoluten Lieblingstätigkeit nachgehen dürfen und hinter dem Ball herrennen. Vergiss es!

Seit dem Besuch beim Arzt gehen wir jetzt öfter Schwimmen. Frauchen ist wegen mir aufs Fahrrad gestiegen (na, nur ein paar Mal, aber der gute Wille zählt) und Herrchen joggt wegen mir. (Na, ob das so gut für *seine* Knochen ist?)

Mittlerweile geht es wieder besser. Auch ganz ohne OP (ich glaube der Arzt brauchte nur Geld). Aber ich kann mir den ganzen Tag das Gejammer der beiden anhören: „Oh, Muskelkater", „Oh, mein Rücken", oh dies, oh das. Ehrlich, dann lieber Gelenkschmerzen, als so ein Gejammer! Jetzt lasse ich mir nichts mehr anmerken. Wenn du einmal anfängst zu den Ärzten zu gehen, dann ist es schwer, aus dem Teufelskreis wieder raus zu kommen.

Nur weil ich eine Beule am Bein habe, ist Frauchen mit mir wieder zum Arzt gegangen. Der Gleiche, der sagte, ich darf nicht mit dem Ball spielen und der den toten Kollegen hatte. Ja, wie auch immer.

Wir gingen jedenfalls da hin, und der machte schon wieder ein Theater. Sprach von Schmerzen und Antibiotika. Meiner Meinung nach, hat der zu oft an seinem Medikamentenschrank geschnüffelt! Jetzt kommt der schon wieder mit Ruhe und Pillen … nicht zu glauben!

Ich bekomme Pillen und keinen vernünftigen Auslauf seit einer Woche. Da ich die Pillen mit Leberwurst bekomme, hat das Ganze auch was Gutes.

In dem Sinne, bleibt gesund oder wie Herrchen immer sagt: „Lieber reich und gesund, als krank und arm".

Mein Tag am Meer (11.08.2014)

Hallo Freunde der klassischen Musik!

Der Tag am Meer begann schon in den Morgenstunden. Kaum auf den Beinen, ging es auch schon ins Auto Richtung Niederlande. Ich habe kein Problem mit dem Autofahren, war aber froh, als wir ankamen. Was mir sofort auffiel, war die merkwürdige Erde unter meinen Pfoten: irgendwie weich, aber auch fest (mittlerweile weiß ich, es war Sand).

Wir gingen ein paar Schritte, und dann, Kameraden stand ich vor dem größten See, den ich je gesehen habe! Enorm!

Die beiden nennen den See „Meer". Aber wie das Wasser heißt, interessierte mich überhaupt nicht. Ich stürmte zum Wasser, und auf dem Weg dahin traf ich jede Menge Kollegen in Aktion.

Was doof am Meer ist: Das Wasser bewegt sich seltsam. Es kommt und geht und kommt und geht … Wellen, nennt man das (ganz schön schräg). Immer, wenn ich reinrennen wollte, kam da so eine Welle und überrollte mich, oder sie verschwand plötzlich, und ich stand auf dem Trockenen. Das Wasser (Meer) schmeckt auch nicht besonders gut (milde ausgedrückt). Ich bin gewohnt, immer mal einen Schluck zu trinken, wenn ich bei uns im Waldsee bade. Im Meer sollten wir Hunde das lassen (wie sich später rausstellen sollte).

Wir spielten etwas Ball, und dabei ging es richtig zur Sache. Dass der Sand in jede Ritze kriecht, konnte ich auch nicht ahnen, und zwar in *jede* (an dieser Stelle keine Einzelheiten …, ich betone nur das Wörtchen „jede"!)

Am Anfang half ich den Freunden noch, ihre Bälle zu holen. Das wollten die beiden Vorgesetzten (ihr wisst schon: meine Besitzer) jedoch nicht. Schade, hatte Spaß gemacht! Nachdem ich den ganzen Tag die Plörre gesoffen und den Sand gefressen hatte, war mir schon ein wenig anders. Da war es auch nicht weiter verwunderlich, dass ich mich auf dem Heimweg ins Auto übergeben musste.

Freunde, wenn ihr mal zu harten Stuhlgang habt, kann ich einen Tag am Meer nur empfehlen …

Mein Fazit: Ein Tag am Meer ist Adrenalin pur. Aber du hast ein paar Tage was davon (ich sag nur Sand, Meer, Stuhlgang und Körperöffnungen).

Ein Arbeitstag (2015)

Hallo Freunde der sternenklaren Nacht!

Ich freue mich schon auf Samstag, dann ist wieder Männertag. Frauchen geht arbeiten, und wir Männer hüten das Haus.

Bevor ich weiter erzähle, eine Frage: Versteht einer von euch, was das mit der „Arbeit" auf sich hat? Die beiden sagen morgens immer: „So, wir fahren jetzt zur Arbeit." Ich weiß nur, die gehen fünf Mal die Woche aus dem Haus, um abends erschöpft wiederzukommen. Was zum Teufel machen die den ganzen Tag?

Ich schlafe die meiste Zeit vom Tag. Ich würde nicht auf die Idee kommen, deshalb das Haus zu verlassen. Ich weiß zwar nicht, was „Arbeiten" ist, kann euch aber sagen, dass es nichts für mich ist, wenn ich mir die beiden am Ende der Woche ansehe. Die Tage, an denen sie arbeiten, fällt mein Gassi kürzer aus. Das alleine ist schon ein Grund für mich, nie zu arbeiten.

Ich werde jeden Tag satt, habe eine Stelle zum Schlafen und kann die ganze Welt sehen (so weit mich meine Pfoten tragen). Und ich mache nichts von dem, was die Menschen „Arbeit" nennen. „Geld verdienen" ist die nächste Sache die ich auch nicht wirklich erklären kann. „Geld verdienen" – für was, zum Kuckuck, brauche ich Geld? Menschen werde ich nie verstehen, die sind so damit beschäftigt, „Geld zu verdienen", dass sie keine Zeit haben, zu leben.

Nachdem ich jetzt tagelang drängelte, hatte mich Frauchen mal zur Arbeit mitgenommen (das musste ich mir doch genauer ansehen). Wir fuhren mit dem Auto eine Weile, um an ein Gebäude zu gelangen, wo gleichzeitig viele andere Menschen eintrafen.

Zuerst dachte ich, es handelt sich um eine Sekte, dann stellte sich heraus: Es sind Arbeitskollegen. Na, wie auch immer. Wir waren den ganzen Tag in der Firma, und ich sollte die gesamte Zeit auf meinem Platz bleiben (Spaß ist definitiv anders).

Das einzige Gute war: Permanent kamen und gingen Leute, die interessant rochen und nett zu beobachten waren.

Um Menschen zu treffen, ist die Arbeit eine gute Sache. Aber ansonsten sehe ich keinen Sinn darin.

Mein erster Urlaub (2015)

Hallo Freunde der schönen Aussicht!

Alles begann im September 2015. Es herrschte eine gewisse positive Aufregung. Meine beiden Mitbewohner hatten am Vortag ihre Kleidung in einen Koffer gepackt (na ja, ein Koffer, fünf Taschen, drei Tüten …).

Herrchen kam dann morgens mit einem anderen, größeren Auto an. Die beiden packten alles in das Auto, und zum Schluss kam ich an die Reihe. Sie hatten den gesamten Kofferraum für mich reserviert. Dann begann die Reise.

Hätte ich gewusst, was dann kam, wäre ich nicht ins Auto gesprungen. Die Reise sollte den ganzen Tag dauern (ok, mit vielen Pausen). Da ich mir unter „Urlaub" noch nichts vorstellen konnte, war ich auf das Ende der stundenlangen Fahrt sehr gespannt.

Das Ergebnis war sehr ernüchternd. Mein alter Herr und seine Frau nahmen nach der langen Fahrt die Hälfte der Taschen und mein Bett wieder aus dem Auto. (Ganz ehrlich: Bis jetzt hatte ich das mit dem „Urlaub" noch nicht verstanden!). Bis zu diesem Augenblick bedeutete für mich „Urlaub", dass man Taschen spazieren fährt, um sie anschließend in ein Hotel zu bringen.

Dann tauchte Frauchens Nichte auf, und sie hat uns dann ein tolles, großes Zimmer gegeben (Sie arbeitet in diesem Hotel). Nachdem ich ein schönes Zimmer und Frauchens Nichte getroffen hatte, gefiel es mir schon ein wenig besser.

Am Abend tranken, aßen, lachten und erzählten die beiden mit der Nichte und ihrem Freund viel. Ich habe in der Zeit mit einer Hündin unter dem Tisch geflirtet. (Leider habe ich ihre Adresse nicht bekommen).

Am nächsten Morgen nach dem Frühstück kamen alle Sachen wieder ins Auto. Ihr glaubt es nicht! Und dann ging die Fahrt über mehrere Stunden weiter, auch wieder mit vielen Pausen (aber muss das denn sein?).

Nach etlichen Stunden im Auto wurde es merkwürdig: Wir stiegen aus, und alles roch komplett anders! Und ich verstand kein Wort mehr. Das ging den beiden aber auch so. Wie sich herausstellte, wurde an dem Ort Italienisch gesprochen. Ich nehme euch nicht auf dem Arm, aber sie nahmen die Taschen wieder aus dem Auto, und trugen sie ins Hotel. (Das Zimmer da war nicht mit dem Zimmer der Nichte zu vergleichen, viel kleiner.) Anschließend gingen wir Gassi. Das war schön!

Denn es dauerte nicht lange, und ich hatte Kontakt zu drei Jungs, mit denen habe ich ein bisschen gechillt. Zum Glück verstehen wir Tiere uns über die Körpersprache, die ist international, und deshalb klappt bei uns die Kommunikation über alle Landesgrenzen hinweg gut.

Abends gab es wieder was zu essen, dann ging's ins Bett. Am nächsten Tag – ihr ahnt es schon – alles wieder von vorne: Taschen ins Auto, … ein paar Stunden fahren …und so weiter … Bis hierhin hätten wir uns das mit dem Urlaub schenken können (das alles nur, um ein paar bekannte oder neue Gesichter zu sehen?!).

Aber es folgte die große Wende. Ok, das mit den Taschen aus dem Auto war wieder gleich. Aber alles andere war mit einem Mal viel besser! Mein Freund Rocky und sein Sohn Rusty waren da, und es gab einen großen See. Ich also erst einmal ab ins Wasser.

Das war nach der langen Reise genau das, was ich brauchte. Am Tag drauf, nein – dieses Mal nicht wieder ins Auto, sondern ins warme Wasser.

Ihr glaubt es nicht, wie vielen Kollegen ich helfen musste, die Bälle und alles Mögliche aus dem Wasser zu holen. Auch den Kindern habe ich geholfen, ihre Bälle zu holen … und was war der Dank? Die zogen eine Grimasse! Es dauerte lange die am Strand verstreuten Sachen alle einzusammeln.

Abends merkte ich schon, dass etwas nicht stimmte. Alle vier Pfoten entzündet und wund. Das merkte auch Frauchen. (Na, dann ging aber die Luzi ab!) Ab dem Moment standen die Pfoten unter permanenter Kontrolle, und man düste in die Apotheke, um Creme zu kaufen!

So schnell kannst du nicht gucken, wie du dich nachts mit Socken an den Füßen wiederfindest. Bunte Kindersocken! Das alles wegen einer solchen Kleinigkeit, wie ein paar entzündeten Pfoten. Mir wäre lieber gewesen, sie hätten mir die Pfoten amputiert, als die albernen Socken zu tragen. Welcher richtige Kerl trägt bunte Socken?!

Dann tuscheln die was von: „Nicht mehr ins Wasser gehen", „Vaseline", „Steine", … und schauen immer so merkwürdig rüber zu mir (dachten wohl, ich bemerke das nicht).

Tags drauf, wir wieder ans Wasser, aber nicht *ins* Wasser! Der Unterschied zum Tag vorher war, dass Herrchen baden ging, und ich nur zusehen konnte. Nur sehr selten durfte ich mein Spielzeug aus dem Wasser holen.

Zurück am Strand hieß es schon wieder: „Hol nicht die Bälle der Fremden. Das ist nicht dein Job!"

Aber der feine Herr Rudelführer war stundenlang im Wasser, und dabei holte er nicht ein einziges Spielzeug aus dem Wasser. (Das macht doch keinen Sinn!)

Schon gut, das ist das Los, dass wir Tiere nun mal haben. Die Menschen bezahlen und bestimmen auch alles. Glücklicherweise waren Rocky und Rusty da. Somit war ich in netter Begleitung und meisterte den Tag gut, und die folgenden auch.

Die beiden mussten sich eingestehen, dass es aussichtslos war, einen Labrador (mit Wasser im Blut) den ganzen Tag am Baden zu hindern. Und jetzt kommt die Härte! Als sie merkten: „Oh, das geht ja gar nicht so, wie wir uns das vorgestellt haben", nahmen die mich an die Leine (ist das hart?!)! Wie lange kennen die mich schon (*kopfschüttel*, die Erste)? Ja, was denkt ihr, Freunde? Na, klar! Das mit der Leine hat genauso wenig funktioniert.

Jetzt kann ich nicht sagen, dass meine Mitbewohner dumm sind. Am folgenden Tag sind wir erst gar nicht ans Wasser, sondern sind oben am Gästehaus geblieben und nur noch zum Baden runter an den Strand. Ich konnte schwimmen und brauchte mir nicht den ganzen

Tag Freunde im Wasser ansehen. Ich fand, das war ein annehmbarer Kompromiss.

Ich weiß, die Erziehungsberechtigten meinen es nur gut, und für meine Pfoten war es auch besser so. Ich will ja schließlich nicht mein Leben lang mit bunten Socken schlafen!

Ach, bevor ich es vergesse: „Klimaanlage", sagt euch das was? Eine großartige Erfindung von den Menschen. Die sind hin und wieder doch für was gut.

Wir sind auch zu anderen Städten gefahren. Aber das war das Gleiche in Grün: Überall Wasser, und na klar, ich durfte nicht rein, das hätten wir uns sparen können.

So war ich schon fast froh, als der Tag der Abreise kam (aber nur fast). Was soll ich euch sagen: Alles wieder ins Auto, und noch mehr Gepäck als bei der Ankunft, fragt nicht!

Keine Ahnung, was die Menschen alles brauchen und warum die mehr Kram mit nach Hause nehmen, als sie mitgebracht hatten. Jetzt wusste ich ja schon, was auf mich zukommt und wollte eigentlich nicht ins Auto. Die Alternative war, ohne die Geldgeber in Italien zu bleiben! Ohne Rudel? Nee, dann doch lieber wieder ins Auto steigen.

Nach einer Weile hielten sie mitten auf der Autobahn an, fuhren ein paar Meter und hielten wieder. Ich hatte mich etwas hingelegt und dachte an die Süße, die ich beim ersten Stopp unter dem Tisch kennen gelernt hatte.

Als es mir zu bunt wurde, schaute ich hoch und traute meinen Augen nicht! Das müsst ihr euch jetzt auf der Zunge zergehen lassen: Da hatten die Menschen auf der Autobahn eine Ampel aufgestellt. Echt! Eine Ampel! Wie bekloppt ist denn das? –

Bloß weil es in einem Tunnel geht. (*kopfschüttel*, die Zweite). Wenn ich in der Zeit noch hätte Gassi gehen können, wäre die Zeit wenigstens sinnvoll genutzt worden. Aber nein, das war angeblich zu gefährlich!

Völliger Quatsch! Die Autos fuhren langsamer, als mein Freund Benny laufen kann, und das ist ein sehr alter Dackel mit kurzen Beinen. (Hey, nicht böse sein, Benny)

Auch die Zeit ging vorbei, und wir kamen irgendwann an die Stelle, wo wir auch die erste Pause auf dem Hinweg gemacht hatten – nur dieses Mal ohne die Nichte, schade! Aber was viel schlimmer war, auch ohne die Süße von unter dem Tisch.

Die Taschen-Koffer-Geschichte wiederholte sich wie gehabt: raus aus dem Auto, rein ins Auto. (*kopfschüttel*, die Dritte)

Am nächsten Morgen ging ich mit Herrchen eine tolle Runde, mit einem wundervollen Blick auf Baden-Baden. Ja, ich weiß, ich wiederhole mich, aber ich kann doch nur das aufschreiben, was auch geschehen ist. Abends die Taschen aus dem Auto und morgens die Taschen ins Auto. Die Reise konnte weitergehen.

Nach wieder einem Tag auf der Autobahn, stehend und fahrend, waren wir dann endlich wieder zu Hause. Mein Fazit: Bis auf die Fahrerei und die bunten Socken, ist Urlaub gar nicht so schlimm. Was ich nur nicht verstehe: Warum stundenlang fahren, wenn ich hier auch mit meinen Freunden ins Wasser gehen kann – ohne mir die Pfoten zu entzünden und ohne bunte Socken?

Na, ich bin mal auf meinen zweiten Urlaub gespannt. Mit ein wenig Glück fahren (oder besser stehen) wir nicht erst tagelang auf einer Autobahn rum, um dann meine Freunde von hier zu treffen. Ich werde es wohl nie verstehen, denn Rocky und sein Sohn sind die gleiche Strecke gefahren, um auf mich zu treffen. Stattdessen hätten wir uns den ganzen Aufwand sparen können, denn hier laufen wir nur zehn Minuten, treffen meine Kumpels und können ins Wasser gehen.

Na, sagt mal, ihr Menschen, fällt euch was auf? Schon einmal was von Kosten-Nutzen-Rechnung gehört?

Zugegeben, etwas Gutes hatte die Reise auch. Die Pizza war deutlich besser als hier und die Spagetti auch. So gesehen hat die Fahrt sich doch gerechnet. Kein Weg und keine Mühen können zu groß sein für ein gutes Essen.

Und jetzt wo ich mich wieder beruhige, erinnere ich mich an die Süße von unter dem Tisch … die hätte ich auch nie getroffen.

Ich finde, der Urlaub war klasse!

Der letzte Tag im Jahr (31.12.2015)

Hallo Freunde der ausgewogenen Spaziergänge!

So, der letzte Tag im Jahr war da, und der begann recht sportlich. Frauchen ging wie immer zur Arbeit und wir, mein alter Herr und ich, gingen Gassi. Besser gesagt, er radelte, ich lief. Die Runde begann nicht anders, als sonst.

Vorab eine Anekdote von letzter Woche. Da hatte er einen neuen Weg im Wald ausprobieren wollen und sich komplett verfahren! Natürlich war ich dabei und durfte die Strecke laufen. So, und heute nahm er denselben Weg in den Wald. Ich dachte noch: ‚Na, jetzt weißt du ja, worauf du dich einlässt.' Ein wenig zu kurz gedacht von mir. Manche lernen was aus ihren Fehlern, andere nicht.

Wir nahmen besagten Waldweg und kamen auf einer Straße raus, die wir überquerten, um wieder in den Wald zu gelangen. Bis hierhin verlief alles, wie beim letzten Mal.

Bei der nächsten Straße schlugen wir eine andere Richtung ein und ich dachte: ,Scheinbar hat da jemand was gelernt!' Die neue Route führte uns zu einer schönen Hütte mit einem tollen Bachlauf, und ich nahm ein Bad (so viel Zeit muss sein).

Der anstehende Berg hatte meinem alten Herren ganz schön zu schaffen gemacht. Auf halber Strecke sahen wir am Straßenrand ein blaues Handtuch liegen, das mit zwei Steinen fixiert war. ,Merkwürdig', dachte ich so für mich, ,ein Handtuch hier – und es riecht auch seltsam, kein Wunder ... wenn ich bedenke, an welchen Stellen so ein Handtuch zum Einsatz kommt ...'.

Der Berg war geschafft, und ein paar Kilometer weiter sehe ich links schon die Talsperre liegen. In dem Moment war mir klar, der alte Mann auf dem Fahrrad hatte sich schon wieder verfahren! Und wer durfte die Suppe auslöffeln?

Vielleicht hätte sich der Radfahrer besser ein Pferd gekauft. Nach einer gefühlten Ewigkeit erreichten wir eine Weggabelung. Ich erkannte die Stelle wieder, und somit war klar, wir mussten links entlang. Jetzt war ich ja an der Leine und kreuzte Herrchens Weg.

Er sagte zu mir: „RECHTS!"

Ich zu ihm: „LINKS!"

Er: „RECHTS!"

Ich: „LINKS!"

Der Klügere gibt nach. Somit fuhren wir also rechts. Herrchen regte sich noch auf, da er durch diese Aktion am Berg anfahren musste. Und was soll ich sagen? Nach ein paar Meter tauchte das blaue Handtuch im Graben wieder auf.

Herrchen blieb stehen, schaute total verdutzt das Handtuch an, dann mich und sagte: „Sorry, du hattest recht! Wir hätten links gemusst." Einsicht ist der erste Weg zur Besserung.

Wir wendeten und fuhren zurück, um dann wieder an der Stelle raus zu kommen, wo wir vor eineinhalb Stunden reingefahren waren. (Auch dieses Mal nahm ich an der Hütte ein Bad, so viel Zeit muss immer sein).

Ich kürze das Ganze jetzt mal ab. Mit dem „im Kreis fahren", waren wir erst nach fast drei Stunden (er mit dem Rad und ich auf Pfoten) wieder zu Hause.

Zumindest hatte er so viel Anstand, mir für den entstandenen Aufwand einen riesigen Knochen als Entschuldigung zu geben. Als dann am Abend Frauchen von der Arbeit kam und mein Essen zubereitete, fragte sie Herrchen regelmäßig: „Ist Bones denn heute viel gelaufen?" (Dementsprechend fällt meine Mahlzeit aus.) Obwohl ich nichts gehört hatte, von „verfahren ... fast drei Stunden ... Talsperre ..." war der Napf bis zum Rand gefüllt.

Also gab es doch noch ein Happyend.

Gassi (11.11.2016)

Hallo Freunde der aufgehenden Sonne!

So, Kollegen, hier mal ein Tipp: Macht das, was Herrchen euch sagt! Immer!

Herrchen und ich gingen heute Morgen Gassi, er warf einen Apfel (das ist ein Ballersatz). Ich holte ihn – alles wie immer. Dann hörte ich das böse Wort zum ersten Mal: „AUS!"

Ich höre manchmal nicht gut auf dem Ohr.

Ein paar Meter weiter zum zweiten Mal: „AUS!"

Also, ich machte ich es wie immer, ging noch durch den Zaun. Da kam Herrchen nicht hin, und ich ließ den Apfel fallen. Ich dachte so für mich: ‚Habe alles gemacht, was er verlangt.'

Na klar, weiß ich auch, dass Herrchen den Apfel haben möchte, und dass er, wenn ich erst in der Wiese bin, nicht drankommt.

Dann schaute Herrchen schon ein wenig genervt, murmelte noch was vor sich hin: „… nicht erst in die Wiese rennen" … „das müssen wir noch mal üben." Er ging weiter (was bleibt ihm auch anderes übrig). Ich hinterher und dachte: Na, hat er es jetzt endlich verstanden?

Auf dem Rückweg fing der schon wieder an: „AUS!"

Ich so für mich: ‚Der lernt es nie!' Ich also wieder in die Wiese, ließ den Apfel fallen, er wieder genervt, alles wie immer.

Kaum lief ich wieder auf dem Weg …

Er: „AUS!"

Jetzt konnte ich nicht auf die Wiese, das hatte er sich schon gut überlegt.

Er: „AUSS!" „AAUUUSSS!!!" „AAAAUUUUUUSSSS!!!", und ich suchte panisch eine Stelle, wo ich schnell auf die Wiese könnte. Leider hatte es viel zu lange gedauert, bis ich ein Loch fand, und da konnte ich nicht mehr so tun, als wäre es ein Versehen.

Er schaute mich an – ich schau ihn an (da wusste ich, das gibt Ärger). Er, richtig sauer, legte die Äpfel, die er noch in der Hand hatte, beiseite und ignorierte mich für den Rest der Strecke nach Hause. (Oh, da hatte ich es wohl übertrieben).

Ihr denkt, zu Hause war alles vergeben?! Nein, nein, da ging es weiter.

Zum guten Schluss hatte er auch nichts Besseres zu tun, als Frauchen alles zu erzählen (Petze!). Sie schaute mich auch so vorwurfsvoll an. Überflüssig zu erwähnen, dass an dem Abend die Essensration kleiner ausfiel, und es gab auch keine Nachspeise.

Das war ein hoher Preis, den ich für einen dummen Apfel bezahlte.

Das Gewehr (15.11.2016)

Hallo Freunde der markanten Eckzähne!

Auf unserer morgendlichen Runde kam ein Auto angefahren und hielt an. Die Insassen schauten, was wir machen und fuhren weiter. Das war mir schon suspekt! Jedoch war ich gerade damit beschäftigt, Äpfel zu suchen. Holen, fressen … alles, was ich beim Gassi so mache.

Auf dem Rückweg stand das Auto am Straßenrand.

Wir gingen über die Wiese, und da stand der Typ. Der war mir schon beim ersten Mal nicht geheuer, und nun erst recht nicht. Ich stellte also sicher, dass der Kerl auf Abstand blieb. Das machte ich, indem ich zu ihm hinrannte und lautstark bellte und mich ein wenig aufplusterte. (Ich sehe übrigens richtig gefährlich aus, so ganz in Schwarz, mit den langen Eckzähnen und mit der Irokesenfrisur auf dem Rücken.)

Der dachte wohl, nur weil er eine Waffe auf der Schulter trägt, wäre ich beeindruckt (falsch gedacht). Die beiden hingegen waren schon sehr beeindruckt. (Ob es daran lag, dass er die Knarre von der Schulter nahm und mich so verstört ansah?)

Sie fingen aufgeregt an, zu rufen (Frauchen) und er zu pfeifen (Herrchen). Somit war ich bestätigt in meiner Meinung, dass ich hier einen gefährlichen Menschen vor mir hatte. (Ansonsten hätten die beiden doch nicht so hysterisch reagiert.)

Also legte ich noch mal eine Schippe drauf und gab richtig Gas. So aufgeregt wie Frauchen war, musste das ein Monster sein! Da durfte ich doch nicht mit eingezogenen Schwanz abziehen. (Niemals!)

Nachdem ich dann klar gestellt hatte, dass mein Rudel unter meinem Schutz stand, konnte ich erhobenen Hauptes zu Frauchen gehen, die mich sofort an die Leine nahm. (Ihr Puls raste.)

Herrchen ging zu dem Mann mit der Waffe hin und diskutierte mit ihm. Keine Ahnung, was es da noch zu bereden gab? Ich hatte doch alles geklärt. (Meiner Meinung nach würde der mein Rudel nicht mehr belästigen, so wie es aus seiner Hose roch.)

Frauchen, auch später noch etwas durcheinander, trug diesen Tag zu Hause im Kalender als meinen zweiten Geburtstag ein. Das verstand ich nun überhaupt nicht. Jetzt gibt es zwei Tage, an dem mein Geburtstag im Kalender steht.

Menschen, die werde ich nie verstehen!

Jeder kommt doch nur einmal auf die Welt, da bin ich ganz sicher. Das alles wegen einer Flinte.

Einfach nur peinlich (16.5.2017)

Hallo Freunde der gepflegten Unterhaltung!

Heute ereignete sich etwas, das auf jeden Fall unter die Kategorie „peinlich" fällt. Alles begann ganz harmlos.

Nach dem Gassi, war noch alles wie immer. Zu Hause angekommen setzte sich Herrchen aufs Sofa und deutete subtil auf die leere Stelle neben sich. (Subtil ist in dem Fall, er klopft wie ein Geisteskranker aufs Sofa und quatscht was von: „Komm Bones, na komm schon.")

Ich erbarmte mich und legte mich zu ihm (bis vor einem halben Jahr durfte ich nicht aufs Sofa, und jetzt wurde ich genötigt). Er – total glücklich – schnappte sich was zu lesen. Dabei streichelte er mich, und ich machte die Augen zu.

Achtung: Jetzt kommt es!

Mit einem Mahl schnappte er meinen Kopf und küsste mich auf die Stirn! (Schock)

Faselte was von: „Ich hab dich lieb."

‚Hahh, wie peinlich ist das denn?!', denke ich nur. ‚Gut, dass das keiner gesehen hat!'

Als er meinen Blick bemerkte, wurde ihm wohl selbst klar, dass das unangebracht war. Ich traue mich kaum, es zu wiederholen, aber er sagte doch tatsächlich wortwörtlich: „Das war nur auf die Stirn und nicht auf den Mund." (Pause)

Das lass ich jetzt mal auf euch wirken.

Ich bekomme spontan Herpes, nur bei der Vorstellung. Kennt ihr einen Rudelführer (oder habt ihr auch nur davon gehört), der Küsse verteilt? Der weiß doch, das ich ein Kerl bin.

Sollte ich mir um ihn Sorgen machen? Ist die Ehe mit Frauchen doch nicht so toll, wie er immer sagt?

Oder schlimmer noch: nur eine Fassade, die jetzt bröckelt? Er behauptet doch immer, er sei glücklich verheiratet mit ihr – und dann das …

Wenn Frauchen mich knutscht ist das gelinde gesagt: gewöhnungsbedürftig. Aber Herrchen? (Das geht gar nicht!)

Ich machte mich natürlich aus dem Staub nach der Aktion.

Bis jetzt konnte ich ihm aus dem Weg gehen, aber heute Abend treffen wir zwangsläufig wieder aufeinander, und wenn er (mit „er" meine ich den hormonell unterzuckerten Typen) dann möchte, dass ich mich zu ihm lege, weiß ich nicht, wie ich reagieren soll. (Ich sehe schon die angespitzten Lippen auf mich zu kommen!)

Was soll ich nur tun?

Sicher ist, das ich mich so lege, dass er, sollte er wieder einen Gefühls-ausbruch bekommen, nicht meinen Kopf erwischt, sondern die andere Seite von mir.

Die Begegnung der durchgeknallten Art (18.7.2017)

Hallo Freunde der unbeschwerten Jugend!

Es begann wie jeden Tag mit einer Runde an der frischen Luft. Was noch niemand ahnte, ein Gewitter zog auf – in Gestalt eines durchgeknallten Mannes.

Wie soll ich den mal beschreiben? Ein Psychologe würde behaupten: „Der Mann hatte eine schlechte Kindheit und ist nicht ausgeglichen."

Für mich hatte der einen gewaltigen Knall. Der kleine Giftzwerg (wie ich ihn jetzt mal nenne) hatte Schaum vor dem Mund, als er aus seinem Haus kam und mein Frauchen wild gestikulierend aufs Übelste beschimpfte.

Angeblich sollte ich mich an dieser Stelle nicht aufhalten. Es ist keine besondere Stelle. Einfach nur ein Stück Straßengraben. Nachdem er scheinbar alles rausgeschrien hatte, und das nur zehn Zentimeter vor Frauchens Gesicht, dachte ich, Frauchen nimmt sich den kleinen Schreihals und versohlt ihm den blanken Arsch auf offener Straße.

Natürlich hat Frauchen Niveau und verhielt sich äußerst zurückhaltend. (Für meinen Geschmack zu kultiviert.)

Als wir dann zu Hause waren, erzählte sie alles Herrchen und er schaute mich an und sagte nur: „Ist Bones denn nicht dazwischen gegangen und hat geholfen?"

Frauchen: „Nein, Bones hat weiter geschnüffelt und nichts dergleichen unternommen."

Darauf Herrchen (der seinen Blick noch nicht von mir abgewendet hatte): „DA BIN ICH ABER SEHR ENTTÄUSCHT VON DIR MEIN FREUND!"

Sein Blick wurde starr und ich dachte, hoffentlich bekommt der jetzt nicht auch Schaum vor dem Mund, wie der kleine mit dem Sprung in der Schüssel.

Was erwarten die denn von mir? Ich soll immer der nette, tolle, ausgewogene Hund sein und mit einmal eine Bestie?

Frauchen nahm mich in Schutz und behauptete, es sei nicht schlimm gewesen, dass ich mich nicht eingemischt hatte, denn sonst wäre aus dem Gewitter ein Orkan geworden.

Herrchen sah das wohl anders.

Ich hoffe, er versteht irgendwann mal, dass ein Geruch im Straßengraben auch sehr wichtig ist und einen die Umwelt vergessen lässt.

Und außerdem hatte Frauchen alles im Griff.

Ich kann mir immer noch was einfallen lassen, für das nächste Mal, wenn ich auf den Idioten treffe. Ein frisches Häufchen vor der Eingangstüre kann morgens, barfuß zum Briefkasten, schöne warme Füße machen.

Der Neue im Bezirk (8.8.2017)

Hallo Freunde der gehobenen Lektüre!

Es gibt einen Neuen in der Nachbarschaft, und ich bin auf seine Masche jetzt schon ein paarmal reingefallen.

Kurz zur Lage: Ich bin im Garten, liege entspannt so rum und höre, wie der Neue Alarm schlägt. (Aufgeregtes Bellen)

Ein guter Nachbar, der ich ja nun mal bin, bemerkt das und gibt die Mitteilung an die Umgebung weiter (belle zurück). Was ich nicht wusste, ist, dass der Neue sich selbst gerne reden (bellen) hört und es keinen Grund gibt, Alarm zu schlagen.

Der typische Fehlalarm, und was jetzt kommt, ist auch klar. Genau: Weil ich nur belle, wenn es eine Bedrohung gibt und mein Herrchen das genau weiß, kommt er in den Garten. Er schaut, von wo die Gefahr droht, und stellt schnell fest, dass es keinen Grund für den Krach gibt. Denn in dem Moment bellt der Neue nicht und ich steh da, wie ein Depp. Der Blick, den ich von meinem Herrchen zugeworfen bekomme, sagt alles. Auf jeden Fall ist klar, an dem Tag wird meine Leckerchenration gekürzt und das alles nur, weil der Neue seiner Stimme so gerne lauscht.

Wenn ich dem eines Tages begegne, bekommt er von mir mal eine Ansage, wonach keine Fragen mehr offen sind. Und die durch die Ansage entstandene Föhnfrisur, hält auch eine Woche. Merkt euch meine Worte: „Je öfter ihr umsonst bellt, um so weniger Leckerchen bleiben am Ende des Tages übrig."

Ihr glaubt es nicht! Ich bin dem Raudi begegnet.

Wie angekündigt, hatte ich erst im Guten versucht zu erklären, dass er mir ein Dutzend Leckerchen schuldet. Dann gab ich ihm mit Nachdruck zu verstehen, dass es nicht gut für seine Gesundheit ist, die Leckerchen beim nächsten Treffen zu vergessen. Ich glaubte, meine Argumente waren einleuchtend. Denn seitdem habe ich ihn nur noch selten bellen gehört.

Die Leckerchen habe ich noch nicht bekommen, aber ich habe ihn auch nicht mehr gesehen. (Zum Glück für ihn)

Versteht mich jetzt nicht falsch: Ich bin nicht der Kerl, der anderen ihre Pausenbrote auf dem Schulhof klaut. Jedoch, so ein Nachbar muss wissen, dass in meiner Straße keine Fehlalarme geduldet werden. Wie soll ich denn ansonsten wissen, ob es wichtig ist oder nicht.

Meiner Meinung nach sollten die Neuen in der Straße sich an den Gepflogenheiten der Gemeinde orientieren und nicht die Leckerchen der Nachbarn riskieren.

Also denkt immer daran, wenn ihr bellt ohne Grund, bleibt das nicht ohne Konsequenzen!

Die Kleinstadt *(9.9.2017)*

Hallo Freunde der freiwilligen Feuerwehr!

Du denkst, du hast schon alles gesehen. Dann gehst du ein Dorf weiter und wirst eines Besseren belehrt.

Herrchen fuhr mit mir ins nächste Dorf (da ist erst mal nichts bei).
Machen wir öfter.

An dem Tag wären wir besser zu Hause geblieben …

Wir waren noch nicht richtig aus dem Auto ausgestiegen, da kamen
uns vier Menschen mit zwei Genossen entgegen. Mal abgesehen, dass
diese Menschen keine Ahnung von Hunden hatten (das hatte ich nach
drei Sekunden raus), hatten die Köter auch keine Manieren.

Zur Situation: Die eine Frau laberte auf ihren Hund ein (ich nenne
ihn mal Streuner) ohne Punkt und Komma. Ihr wisst: Wir Hunde
stehen auf klare Befehle, jedoch nicht, wenn diese maschinengewehr-
artig hintereinander kommen. Es bringt nichts, acht Mal in einer Se-
kunde „PLATZ" zu sagen. Einmal reicht, nur richtig.

Bis zu dem Moment tat Streuner mir noch leid. Das sollte sich schnell
ändern, als er auf meiner Höhe war (gleich mehr dazu). Der Mann
hatte auch keine Ahnung von dem Kollegen an seiner Seite (im über-
tragenen Sinne. Der Hund war eher sechs Meter vor ihm). Der Hun-
dehalter dachte, sein Hund (ich nenne ihn mal Agro) war schwerhörig,
denn der Mann schrie ihn permanent an.

So, die Gestalten kamen also auf uns zu, eine Lawine bestehend aus
Geschrei und Worten.

Ich bemerkte, dass Agro einen zornigen Eindruck machte, im nächsten Moment fand ich mich schon inmitten einer Situation wieder, die
keiner erleben möchte.

Agro stand mit fletschenden Zähnen vor mir, und Streuner schnüf-
felte an meinem Hinterteil. Na klasse! Vor mir Agro mit aufgestellten
Nackenhaaren und Streuner hinter mir, der mich zum Essen einladen
wollte.

Herrchen hatte die Situation richtig eingeschätzt und entschärft. Es waren nur ein paar Sekunden zwischen den beiden, aber mir hat es für diesen Tag gereicht.

Mir ist klar, warum Agro so mies drauf war, bei dem Halter und seinem Geschrei, aber das muss er doch nicht an mir auslassen?! In der Großstadt (bis auf Düsseldorf, da rennt ein Schwan rum) begegne ich etlichen Tieren ohne Probleme, und dann gehst du nur ein Dorf weiter und gerätst in einen solchen Alptraum.

Solche Tage zeigen mir, wie gut ich es habe. Ich werde nicht für alles angeschrien (Agro durfte nicht einmal schnüffeln, so gesehen ein armer Kerl), und ich werde auch nicht totgequatscht (ich glaube, das Frauchen vom Streuner wollte sechzig Kommandos in sechzig Sekunden schaffen).

Der grüne „Tierfreund" (7.10.2017)

Hallo Freunde der konstruktiven Kritik!

Wer mich kennt, weiß, dass ich mich Sonntagsvormittags mit meinen Freunden treffe.

Diesen Sonntag auch. Aber da hatte sich unser Rudel mit anderen Freunden von Herrchen und Frauchen getroffen.

Also wir nichts, wie da hin. Angekommen, öffnete sich die Autotür von den Freunden. Was soll ich sagen: Ich war sprachlos!

Das war ein Rudel!

Bestehend aus vier Kollegen und zwei Menschen. So, erst mal alle beschnüffelt und dann ging es los. Leider hatten manche Mitstreiter noch nicht verstanden, dass, wenn sie auf die Menschen hören, mehr Freiheiten haben. Dadurch konnten von den vier Bekannten nur zwei frei laufen. Die anderen beiden waren an der Leine. Einer der beiden (mit Namen Whisky) war sogar dreifach gesichert: mit einem normalen Halsband wäre der nicht zu stoppen.

Kaum waren wir losgelaufen, tauchte auch schon die Spaßbremse auf. Die Spaßbremse müsst ihr euch so vorstellen: circa 1,85 m groß, vorwiegend in grün gekleidet und nennt sich selbst Tierfreund. (Ich nenne ihn geisteskrank.)

Wenn ich mich nicht täusche, nennen die Menschen so einen Kerl: Jäger. Ich persönlich nenne diese Art: Mörder. Wie ihr unschwer erkennen könnt, mag ich keine Jäger. (Wie ich bei der Geschichte mit der Flinte bewiesen hatte.)

Als Ausrede, um ihre Mordlust zu befriedigen, heißt es „wir müssen das Gleichgewicht der Natur aufrecht erhalten."

Die Natur hatte alles gut im Griff, bis die Jäger (Mörder) es aus dem Gleichgewicht brachten, so sehe ich das.

Das wollte ich aber gar nicht erzählen, sondern wie der besagte grüne „Tierfreund" mit seinem überteuerten Geländewagen auf diesem kleinen Feldweg hupend auf uns zukam. Wild gestikulierend sprang er aus der Karre und meinte: „Sie gefährden die Tiere!" (Mit dem Auto und der Hupe, war der für meinen Geschmack eine Gefahr für sich und andere.)

Ich schaute Herrchen an, und der schaute mich an. Fragende Blicke kreuzten sich.

Das grüne Männchen meinte wohl, dass die Kleinste von uns (mit dem Namen Tris und mit Hummeln im Arsch), ins Feld gerannt war und die Tiere da störte! (Ich sage nur Hupe.)

Bei mir war das Fragezeichen immer noch da.

Was war so schlimm daran, wenn sie durch das Feld lief und einen Vogel traf? Ich bin kein Veterinär, aber ich glaube nicht, dass im Oktober noch so viele Tiere Junge haben. Außerdem gehört das für mich als Tier dazu. Oder denkt ihr, der Fuchs geht einen Bogen um ein Feld, um die Tiere nicht zu wecken?

Nachdem ich einen Moment überlegt hatte, kam ich auf die Lösung: Ja klar, der grüne „Tierfreund" war da, um seinen Hund in das Feld zu jagen. Damit der Mörder, „der grüne Tierfreund", die aufgescheuchten Tiere abschießen konnte!

Jetzt ergab alles einen Sinn!

Der war so früh am Sonntag aufgestanden und wollte jetzt nicht mit leeren Händen dastehen.

Was würden seine Jagdfreunde sagen, und was sollte er sich an die Wand im Jagdzimmer hängen zwischen dem Zwölfender und der Antilope?! Diese freie Stelle an der Wand ließ den Jäger vermutlich nachts schweißgebadet aufwachen. Dieser Schandfleck!

Für mich war die Sache klar: Der Massenmörder war durchschaut! Unsere Besitzer hatten sich in einen Disput verstricken lassen. So standen wir jetzt da und diskutierten, anstatt zu laufen.

Tris war kurz vor dem Platzen, als es dann endlich weiterging. Leider an der Leine. Natürlich sind wir nach einer Weile wieder von der Leine gelassen worden, aber der Sparziergang hätte schöner sein können. – Das alles nur wegen der leeren Stelle an der Wand.

Das erste Mal (7.10.2017)

Hallo Freunde der gesunden Ernährung!

Es fing schon eine Woche vorher an. Eine Stimmung von Abschied. Erst mal habe ich mir nichts dabei gedacht, bis zum 7.10.2017. Da wurde es merkwürdig.

So um die Mittagszeit liefen meine Mitbewohner hin und her, packten Koffer und ich dachte noch: ‚Jetzt beginnt mein zweiter Urlaub.'

Ich war mir ganz sicher, als mein Bett ins Auto verfrachtet wurde. Und auf die eine oder andere Art stimmte es auch. Nur es sollte anders kommen, als gedacht.

Herrchen und ich gingen ins Auto (suspekt, *ohne* Frauchen) und wir fuhren ein paar Kilometer, um bei Luna zu Hause wieder auszusteigen. Ich schaute nicht schlecht, als Herrchen mein Bett aus dem Auto holte, aber seinen Koffer nicht. (Was wird das hier?)

Dann wanderten meine Sachen ins Haus.

Alles wirkte wie immer: Herrchen unterhielt sich mit Lunas Frauchen, ich unterhielt mich mit Luna. Herrchen ging zur Türe und ich dachte, wir gehen wieder. Ich wunderte mich noch, warum mein Bett hierbleiben sollte. (Eventuell braucht Luna ein neues Bett.)

Damit war ich auch schon durch die Tür. Wurde aber wieder zurückgerufen. (Was jetzt: rein oder raus?) Ich also wieder rein in die gute Stube.

Und da geschah es: Herrchen schickte mich rein, und er ging raus! Erst mal keine Aufregung. Das war schon vorgekommen, dass er mich abgab, um seiner Arbeit nachzukommen und mich nach ein paar Stunden wieder holte. Nur: Dann war mein Bett nicht mit gewandert.

Jetzt überkam mich ein ganz mieses Gefühl, und ich war wieder sechs Monate alt und allein im Wald. (Gedanklich)

Es durchzog mich, wie ein Blitz: Das hier würde nicht nur für einen Tag sein! Die beiden werden mich doch nicht, wie mein erstes Rudel, aussetzen!? (Gut, das war kein Wald, sondern Lunas Zuhause und ein Bett war auch da …)

Als sich der kleine Spalt der Türe schloss, dachte ich: ‚Das war es, den sehe ich nie mehr wieder', und das konnte Herrchen auch klar erkennen.

Mein einziger Trost war, dass er auch nicht glücklich ausschaute und somit meine Hoffnung auf ein Wiedersehen realistisch schien. Der Rest des Tages war schon schön. Eigentlich wie immer, wenn ich bei Luna war. Am Abend hatten wir eine entspannte Stimmung. Selbst als es hieß: „Ab ins Bettchen" (ich hatte den ganzen Tag Zeit gehabt und wusste, dass ich nicht zu Hause schlafen würde). Nachdem meine „Gute-Nacht-Rituale" auch hier zelebriert wurden, war mir auch klar, worüber Herrchen und Lunas Frauchen gesprochen hatten.

Der darauffolgende Tag war noch besser. Mir fehlte es an nichts: genug Auslauf, Spiel, Spaß und Spannung.

Die zweite Nacht war auch wieder besser, als die erste, und ich war sehr herzlich im Rudel Luna aufgenommen worden.

Natürlich ist es falsch, zu glauben, ich hätte nicht an Frauchen und Herrchen gedacht. Auch mit einer Träne im Auge.

Alles sollte sich nach zweimal schlafen zum Guten wenden. Die Türklingel läutete und Frauchen betrat das Zimmer. Da war meine Euphorie noch zurückhaltend, denn ich dachte im ersten Moment erschrocken: ‚Ob Herrchen jetzt auch Frauchen ausgesetzt hat?' Als er dann ein paar Schritte dahinter kam, war alles klar. Weder ich noch

Frauchen waren ausgesetzt worden. Stattdessen hatte ich mein erstes Ferienlager erlebt.

Rückblickend muss ich sagen: Es war eine schöne Zeit bei Luna. Lunas Frauchen ist eine gute Rudelführerin.

Wir hatten richtig Spaß! Haben viel zusammen unternommen, und die Zeit ohne mein Rudel verflog wie im Fluge.

Es ist nicht so, dass die mich jetzt regelmäßig ausquartieren sollen. Aber hin und wieder ist in Ordnung, solange es bei Luna ist und nicht im Wald (oder im Knast, wo ich nach dem Waldaufenthalt untergebracht wurde).

Die Telepathie (29.11.2017)

Hallo Freunde der frischen Luft!

Ich glaube, ich habe es in den Sand gesetzt.

Mir ist ein Fehler unterlaufen, der nicht mehr rückgängig zu machen ist und jetzt ist unser Geheimnis nicht mehr so geheim. Ganz von vorne: Es begann harmlos, wie jeden Tag. (An dieser Stelle muss ich etwas ausholen.)

Also: Auf unserer täglichen Runde kamen wir an einer Wiese mit Apfelbäumen vorbei. Da der Bauer keine Verwendung für die Äpfel hatte, lagen alle am Boden und Herrchen hob jeden Tag ein paar auf, um sie als Ballersatz (wie in der Geschichte Gassi schon erwähnt) zu nutzen und auch mal einen zu essen. Ballersatz bedeutete, er warf sie und ich suchte, trug, aß, verlor sie dann.

Auf dem Weg nach Hause kamen wir durch eine Gasse. Wir gingen so und Herrchen dachte …: (das ist der springende Punkt, er hat es nur gedacht und nicht gesagt) … ‚Ach, würde Bones durch das Loch in der Hecke in die Wiese laufen, dann würde ich ihm einen Apfel zuwerfen.'

Und ich ging durch das Loch in der Hecke (ein Loch, wo ich noch nie durchgegangen bin und wir kommen in der Regel jeden Tag viermal da vorbei).

Ihr könnt euch das erstaunte Gesicht meines Herrchens gut vorstellen?! Der war so überrascht, dass er einen Moment innehielt und mich ansah.

Da war mir klar, aus der Nummer komme ich nicht mehr raus und kann jetzt das Geheimnis auch lüften: Wir Hunde können Gedanken lesen! Jetzt ist es raus.

Das, was sich viele Hundebesitzer immer schon gedacht haben: Ja, es stimmt: Hunde können Gedanken lesen.

Natürlich sollte das niemand erfahren.

Herrchen kann aber ein Geheimnis für sich behalten. Kameraden, es tut mir leid, aber ich bin auch nur ein Hund! Im Notfall werde ich Herrchen hypnotisieren und das Geschehene löschen, um es durch eine schöne Erinnerung zu ersetzen. (In dem Zusammenhang kann ich auch meine Leckerchen-Ration nach oben korrigieren).

Die Laterne (10.12.2017)

Hallo Freunde der ausgiebigen Schneewanderungen!

Ihr kennt das auch ganz bestimmt: Situationen, die falsch gedeutet werden, so genannte „Missverständnisse", und um genauso etwas geht es heute.

Meine Rudelführer geben sich alle erdenkliche Mühe, damit meine Zeit hier auf Erden perfekt ist. Mit den Jahren verändert man/Tier sich und mit inzwischen sechs Jahren habe ich auch die eine oder andere Sache (Macke würde meine Besitzer jetzt sagen), die mich stört. Etwas, das mir vor drei Jahren noch egal war, stört mich heute.

So eine Sache ist zum Beispiel die: Ich klettere nachts aus meinem Bett und lege mich auf den Boden, um später zu merken, dass es im Bett doch nicht so schlecht war. (Dadurch wachen die Aufpasser immer auf.)

Ich weiß nicht, ob ich es schon erwähnt habe, aber ich schlafe mit im Schlafzimmer der beiden. Das hat sich so entwickelt, aus der Zeit, als ich noch klein war und nachts raus musste.

Im Winter ist mein Bett ein Zelt (mit ganz vielen Decken von innen und außen), damit es mir nicht kalt wird.

Wenn ich trotz meiner Stofftiere nachts mein Bett verlasse, denken sie, es liegt an den Decken und waschen diese dann (für meinen Geschmack viel zu oft).

Jetzt komme ich zum Missverständnis: Nicht die Decken sind das Problem. Auch nicht die Stofftiere oder der Geruch im Bett (ist schließlich mein eigener), sondern die blöde Straßenlaterne, die mir die ganze Nacht ins Gesicht scheint. Aber da kommen die beiden nicht drauf. Einfach mal die Rollladen runterlassen, und ich klettere auch nicht mehr aus dem Bett.

Meine Freunde, euch brauche ich nicht zu sagen, wie doof es ist, nicht die Menschensprache zu können. Somit bleibt mir nichts anderes übrig, als die Pfote über die Augen zu legen und zu hoffen, dass die Straßenlampe den Geist aufgibt. Ich überlege ernsthaft, ob ich nicht jeden Tag beim Gassi das Bein an der Laterne heben soll, in der Hoffnung, die Laternenstange rostet durch und gibt somit den Geist auf.

Die sogenannten Experten (21.12.2017)

Hallo Freunde der dritten Art!

Das ist jetzt für alle Menschen, die das Buch lesen.

Heute geht es um das angeblich schlechte Gedächtnis der Hunde – alles Quatsch! Natürlich können wir uns nicht alles merken und vergessen mal etwas, das uns nicht wichtig erscheint (wie ihr Menschen).

Die sogenannten Experten meinen zu wissen, was wir Hunde können und was nicht. Hat je einer von denen mal mit einem Hund gesprochen? Ich denke, eher nicht. Genauso wenig, wie wir die Menschensprache sprechen, können die Menschen unsere Sprache (das zählt nicht für Körpersprache).

Ich kann euch sagen, genauso wie bei euch gibt es bei uns auch Zurückgebliebene, die zu dumm sind, aus dem Bus zu schauen. Wenn die eine Fliege verschlucken, verdoppelt sich deren Gehirnmasse.

Falls die Menschen mit so einem unserer Gattung Experimente gemacht haben, um die Erkenntnisse auf uns alle zu übertragen – na, dann herzlichen Glückwunsch!

Gehen wir mal von mir aus, ich kann mich an alles, was ich in den letzten Jahren erlebt habe, erinnern. (Das Wichtigste, nicht was ich letzten Dienstag gegessen habe.)

Ein Beispiel: Herrchen trat einmal im Dunkeln versehentlich auf mich. (Schwarzer Hund auf schwarzem Grund, kann passieren!) Jetzt weiß ich, dass es keine Absicht war. Aber damals stand ich zwei Monate lang auf, wenn Herrchen auf mich zukam. (Von wegen: Der Hund merkt sich nichts.)

Noch ein Beispiel: Beim Gassi hatte ich oft was im Maul, und es konnte passieren, dass ich vor lauter Schnüffeln das Objekt der Begierde fallenließ und weiterlief. Wenn Herrchen das sah, sagt er: „Wo ist …?", dann rannte ich auch gerne hundert Meter zurück und wusste genau, wo das Teil lag. (Soviel zum Kurzzeitgedächtnis und nach 30 Sekunden vergessen.)

So, ihr lieben sogenannten Experten: wenn die Beispiele euch nicht überzeugt haben (ich habe noch Hunderte andere), dann könnt ihr mir bestimmt erklären, warum wir Hunde nicht nach dem Wochenende neu angelernt werden müssen.

Es ist eine Sache zu behaupten, wir würden alles vergessen oder wir würden alles verzeihen. Wir besinnen uns auf das Wichtigste im Leben und schauen nicht immer zurück.

Die Vergangenheit kann ich nicht mehr ändern. Was ich kann, ist aus den Dingen, die geschehen sind, lernen und die Zukunft besser gestalten. Warum soll ich mich über etwas ärgern, das gestern war, wenn der Tag heute toll ist?

Es ist nicht anders, als bei den Menschen. Natürlich haben wir Dinge, die wir vergessen oder auch verdrängen. Wir leben im Jetzt, und wir sind nicht nachtragend.

Glaubt mir, wir vergessen nicht, wenn ihr uns geschlagen habt oder schlecht behandelt. Eine strenge Hand und Sadismus sind zwei unterschiedliche Dinge.

Wir vergessen nie, aber wir verzeihen immer und immer wieder. So, das musste mal gesagt werden!

Jedoch ist das meine persönliche Meinung, und ich bin schließlich nur ein Hund und kein Experte.

Noch so ein Sache, ist die Geschichte mit dem Riechen.

Ja klar, kann ich einen Tropfen Flüssigkeit in einem Schwimmbecken voller Wasser riechen. Jedoch nur, wenn ich alle meine Sinne zusammennehme und bei voller Konzentration und auch nicht für längere Zeit. (Das schwankt übrigens auch von Hund zu Hund.)

Wenn ich in der Wiese meinen Ball suche, rieche ich den schon viele Meter vorher. Aber nur die ersten fünfzehn Minuten. Danach bin ich erschöpft und kann nicht einmal mehr ein Schwimmbad voll Flüssigkeit mit einem Tropfen Wasser darin riechen.

Wir riechen hervorragend, aber wir müssen uns dafür konzentrieren. In dem Moment hören und sehen wir nicht so gut (wir sind dann im Tunnel). So wie ich immer sage: „Ich höre nicht gut, aber dafür sehe ich schlecht." (Nur Spaß!)

Der Ausflug *(22.12.2017)*

Hallo Freunde der kalten Winternächte!

Ich war in der großen Stadt und muss sagen, was ich da zu Gesicht bekommen habe, ist für einen Hund vom Lande schon schwer zu verkraften.

Ich bin durch die Stadt gelaufen und mein erstes Problem war: ‚Wo zum Teufel gehen die Hunde hier ihr Geschäft machen?' Ein gut erzogener Hund, wie ich einer bin, macht nicht auf den Gehweg.

Na, gut, ich bin verwöhnt. Wenn ich kein Gras unter den Pfoten spüre, wird das mit dem Geschäft nichts. Nach einer Weile bin ich dahintergekommen, dass die Menschen eine Tasche kaufen, den Hund reinstecken, und der macht dann alles darin (ekelhaft). Weshalb sollten die Frauen sonst den Hund in einer Tasche tragen?

Entweder ist jeder dritte Hund in der Stadt krank und muss getragen werden, oder die Tasche ist zur Erleichterung da. Alles andere macht für mich keinen Sinn. Wer vier gesunde Pfoten hat, braucht nicht getragen zu werden.

Da reicht es, wenn ich mal meine Freunde anschaue: Samba, Luna, Socke und Perla – alle nur halb so hoch wie ich, und die rennen mich platt. Wenn ich mit allen Vieren in der Luft im Gras liege und nach Luft schnappe, fangen die erst an. Bis dahin war es für die nur „warm laufen", um die Gelenke zu schonen. Also, liebe Menschen, der liebe Gott hat uns nicht vier Pfoten gegeben, damit ihr uns tragt.

Das zieht große Kreise. Denn Hunde, die sich nicht bewegen, werden fett und krank.

Zurück zur Stadt: In der Stadt gibt es ja unfassbar viele Gerüche, die ich nicht kenne und die sich grundlegend von denen unterscheiden, die ich so Tag für Tag rieche.

Das alleine ist eine Reise in die große Stadt wert. Nur: Wo laufen die Kameraden denn mal frei, ohne von einem Auto, Bus, Fahrrad, einer Straßenbahn und wie die anderen Fortbewegungsmittel noch alle heißen, überfahren zu werden? Sagt bitte nicht, im Park. In den zehnmal fünfzehn Meter kleinen, abgezäunten Gehegen? Womöglich noch zu sieben Hunden und neun Kindern?

Ihr wisst noch, was ich eben geschrieben habe?

Samba und Luna und meine anderen Freunde würden euch auslachen, wenn ihr denen das zeigen würdet und sagt: „Na, dann lauft mal".

Jedoch – immer noch besser, als nichts. Wie in der Stadt, wo ich war: kein Park, kein Gras, nichts! Es war harte Arbeit, einen Baum zu finden, an dem ich mich mal erleichtern konnte. Dann sind die spektakulären Gerüche auch kein Trost mehr, obwohl sie schon gigantisch sind.

Tausende Menschen, die nicht unbedingt alle auf Hygiene achten und Seife benutzen. (Oder habt ihr Menschen auch das Problem, wie wir Hunde, wenn ihr die Seife zu oft benutzt, ist die Schutzschicht vom Fell ruiniert?)

Ihr Menschen habt so tolle Sachen, wie Deodorant und, mein Favorit ist ganz klar, Parfum. Habt ihr auch nur eine Ahnung, wie viele Stoffe in einem Parfum sind?!

Ich benutze auch oft Deo und Parfum, und das bekomme ich alles bei mir um die Ecke. Mein Deo ist die Schlammpfütze, und mein Parfum nennt sich „Fuchs", „Reh" oder „Gans". Mein Lieblingsduft ist

„Fuchs". Dieser Duft lässt mich wilder und viel interessanter erscheinen, außerdem kommt es auch bei den Weibchen sehr gut an.

Meine Rudelführer hassen mein Parfum. Sie nennen das „Fuchs-Kacke" und verpassen mir immer ein Schaumbad, wenn ich es mir hinter die Ohren geschmiert habe.

Wie ich immer sage: „Was für den einen das Rosenblatt, ist für den anderen der Kuhflatt".

Zwei Diäten (24.12.2017)

Hallo Freunde der ausgewogenen Rhetorik!

Wer hätte gedacht, dass ich heute über Diäten schreibe? Wobei das Wort Diät für Verwirrung bei mir sorgt. Ich bin jetzt auch nur ein Hund und verstehe oft nicht, was die Menschen so meinen und was sie so bewegt. Eines kann ich sagen: Wenn Frauchen von Diät spricht und wenn es die Politiker machen, sind das zwei unterschiedliche Dinge. Ich habe noch niemals gesehen, dass Frauchen sich bei einer Diät noch eine Schippe mehr drauf macht … Ganz im Gegensatz zu den Politikern; wenn die von Diäten reden, fällt immer das Wort „Erhöhungen".

Wer kann mir das erklären?

Was ich aus den Gesprächen zwischen den beiden schon gelernt habe, ist, dass Politiker andere Menschen sind. Sie kennen viele Worte und können sie benutzen, ohne was zu sagen. Auf der anderen Seite benutzen sie manche Worte nie oder auf eine andere Weise. Das Wort „Lüge" habe ich auch noch nie von einem Politiker gehört, aber „die alternative Wahrheit" schon oft.

Das passt zu der alternativen Welt, in der die Politiker leben und die wir „Normalos" nur aus Büchern kennen. Zum Thema Politik könnte ich wahrscheinlich ein eigenes Buch schreiben, und ich möchte das auch jetzt hier nicht weiter vertiefen.

Ich mache auch eine Diät. Eine, in der das Wort „Erhöhung" nicht vorkommt. Ich, als Labrador, setze gerne mal etwas Fett an. Vor drei Jahren reichte es, neben dem Rad zu laufen, und schon waren die Pfunde weg.

Wie gesagt, vor drei Jahren …

Jetzt muss ich Trennkost machen. Das bedeutet für mich: keine Kartoffeln, Nudeln oder Reis ins Essen. Nur Fleisch und Gemüse und die vielen anderen Dinge, die Frauchen noch reinmacht, wie Kalzium, Lebertran, Lachsöl, Hagebutte und so weiter. Erst mal hört sich nur „Fleisch" nicht schlecht an. Schließlich hat mein Vorfahre, der Wolf, auch keine Nudeln zum Hasen verspeist.

Stelle mir gerade vor, wie sich der Wolf mit Serviette um den Hals und einem guten Rotwein an der Hasenkeule zu schaffen macht und sich im Selbstgespräch die Frage stellt: „Möchte ich zum Hasen noch ein paar Kroketten"?

Meine Fantasie geht mit mir durch!

Keine Angst, ihr braucht mir jetzt kein Taxi zu rufen, aus denen zwei Herren mit einer Zwangsjacke aussteigen. Ich habe mich wieder gefangen!

Um wieder auf die Diät zu kommen, wollte ich abschließend noch sagen: Nur Fleisch ist toll! Leider habe ich nach zehn Minuten wieder Hunger.

Herrchen hingegen sollte auch mal eine Diät machen. Nur da gibt es zwei Probleme: Erstens ist er ein Vegetarier, und zweitens sind es auch nicht nur ein paar Kilos.

Es sei denn, dass es sich mit den Kilos wie mit der Zeit verhält, (ein Menschenjahr sind für meine Größe Hund sieben Hundejahre …). Umgekehrt: Wenn ein Hundekilo sieben Menschenkilos wären, dann kommt das mit ein paar Kilos bei Herrchen wieder hin.

Ich sage immer: „Von guten Menschen kann es nicht genug geben." So betrachtet könnte Herrchen und vor allem Frauchen noch ein paar Kilos schwerer werden.

Wir waren letztens in einem Geschäft, das Hundefutter verkauft. Was soll ich sagen, die Verkäuferin fragte in einem Nebensatz mein Herrchen: „Wie schwer ist er denn?" Herrchen darauf: „Dreiunddreißig Kilos beim letzten Mal."

Die Dame weiter: „Sollen wir ihn denn mal wiegen?" Und Herrchen hatte nichts Besseres vor und meinte: „Oh, sie haben eine Waage? Na, dann gerne."

Und aus den dreiunddreißig Kilos wurden sechsunddreißig. Jetzt ist die Trennkost auf eine halbe Ration Futter erweitert worden. Die halbe Ration ist nicht das Schlimmste, sondern dass Herrchen weiß, wo die Waage steht.

Der Kracher (1.1.2018)

Hallo Freunde der Hausmannskost!

Ich erinnere mich noch genau an mein erstes Mal.

Es war kurz nach meinem ersten Geburtstag (also der Geburtstag, an dem mich meine Mutter geboren hat und nicht der Geburtstag, den Frauchen nach dem Vorfall mit dem Jäger im Kalender eingetragen hat). Es begann wie die meisten Tage zuvor. Ein kleiner Unterschied war, dass Frauchen frei hatte und nicht zur Arbeit fuhr.

Es lag eine seltsame Stimmung in der Luft; ein wenig positive Aufregung gepaart mit Freude und Geschäftigkeit.

Ich konnte nicht ahnen, was da noch an dem Tag auf mich zukommen würde, und so genoss ich den Tag, wie ich auch jeden anderen Tag genieße.

Am Morgen waren wir spazieren gegangen. Tagsüber hatten die Erziehungsbevollmächtigen das Haus geputzt und geschmückt. Mir schien es, als würden abends noch Gäste kommen.

Am Nachmittag drehten wir dann auch, wie gewöhnlich, unsere zweite Runde. Nichts, worüber ich mir Gedanken machen würde. Am Abend war mein Essen und auch das der beiden aufwändiger, als sonst. (Da hätte ich stutzig werden müssen. Mein Fehler!)

Ich bekam eine Nachspeise, bestehend aus einem riesigen Knochen (so große Knochen bekomme ich immer nur zum Geburtstag oder wen ich extrem lieb war – also so gut wie nie.) Das war das zweite Zeichen, das ich ignoriert hatte. Und bei den zwei Ernährern standen Kerzen auf dem Tisch, eine Flasche Rotwein war geöffnet. (Für meine feine Nase war der Wein zu trocken. Die Reben hätten noch eine

Woche mehr Sonne vertragen können. Und was das Schlimmste war: Der Wein ist falsch gelagert worden. Aber was weiß ich schon. Ich bin nur ein Hund und kein Experte.)

Das gute Geschirr mit dem guten Besteck war auch auf dem Tisch. Spätestens als die zwei Hausbesetzer nicht wie gewohnt ins Bett gingen, hätte ich etwas merken müssen.

Die beiden wechselten von Wein auf Sekt und fielen sich (mitten in der Nacht) in die Arme.

Ich stand da und dachte noch: ‚Ist Frauchen nicht zu alt für Nachwuchs? Oder haben die im Lotto gewonnen?‘

Dann war es so weit, mein erstes Mal: Das Geknalle begann, und es sprühte Flammen in den Himmel. Die Nacht war mit einem Mal laut und hell. Die Nachbarn kamen aus ihren Häusern. Mein erstes Silvester, an das ich mich erinnere.

Ja, ich gebe zu, ich war nicht so cool, wie ich es hier im Buch beschreibe. Ich habe mich erst einmal in mein Bett verkrochen, um zu merken, dass die Rudelführer keine Angst haben.

‚Na, wenn die keine Angst haben, dann brauche ich auch keine zu haben‘, dachte ich so und kroch aus meinem Bett. Also, offiziell habe ich nur nachgesehen, ob das Bett gemacht war und meine Stofftiere alle im Bett waren.

Im Nachhinein habe ich erfahren, dass die zwei wegen mir zu Hause geblieben waren und auch auf Feuerwerk verzichtet hatten. Für das erste Mal war das ganz gut so, und heute, wo ich das Prozedere kenne, müssen Herrchen und Frauchen nicht mehr auf mich Rücksicht nehmen.

Vor ein paar Stunden war es schon wieder soweit. Dieses Mal mit Freunden, und ich durfte auch zwei Freunde einladen. Wir haben uns einen schönen Abend gemacht. Nur, als um zwölf das Geknalle los ging, wurden meine Kollegen und deren Halter nervös. Ich weiß nicht, wer da wen angesteckt hat?! Der Mensch die Hunde oder die Hunde den Menschen? Meine Besitzer waren tiefenentspannt und ich auch.

An dieser Stelle vielleicht ein Tipp für alle, die bei dem Krach Angst haben: So lange eure Menschen sich nicht fürchten, braucht ihr euch auch nicht zu fürchten.

Der Soldat in mir (17.1.2018)

Hallo Freunde der Vollmondnächte!

Hier geht es heute um Informationen.

Es gibt Tage, da möchte ich mich mitteilen. So ein Tag ist heute. Jetzt lebe ich auf dem Land und komme nicht so oft, wie es mir lieb ist, in Kontakt mit anderen Hunden. Mein Freundeskreis ist schon groß. Jedoch im Vergleich mit der Anzahl an Hunden in einer Großstadt nicht erwähnenswert.

Was mich interessieren würde, ist, wie geht es den Millionen von anderen Hunden? Was ich nur vom Hörensagen kenne: Es gibt auch noch 2018 Hunde, die an der Kette gehalten werden. (Unfassbar!) Auch nur vom Hörensagen: Hunde, die im Zwinger gehalten werden. Das ist akzeptabel, das mit dem Zwinger. Sofern die Spaziergänge eingehalten werden und man sich auch ansonsten mit dem Hund viel beschäftigt. (Mit Spaziergang meine ich nicht, dreihundert Meter bis zur Straßenecke und zurück. Es sei denn, euer Hund heißt Balu und ist mein Freund. (später mehr)

Das alles ist nichts im Vergleich zu dem Fall, den ich in der Flimmerkiste gesehen habe.

Da ging es um Hunde, die so mit Eisenstangen misshandelt wurden, dass sie nicht mehr laufen konnten und denen die Beine abgenommen wurden (der Fachausdruck ist, glaube ich, amputiert) und jetzt im Heim leben müssen.

Ich habe noch nie jemanden gebissen, aber bei diesen „Menschen" würde ich eine Ausnahme machen. Ich glaube, wenn ich sehen würde, wie einer von uns so mit einer Eisenstange geschlagen würde, könnte ich mich nicht zurückhalten, um an dem Täter mal meine Beißkraft zu testen. (Und ich bin überzeugt, dass meine Rudelführer das Monster sogar festhalten würden, damit ich mein Werk vollenden kann, um anschließend ihre Schlagkraft zu testen.)

Wenn du dir die Mühe machst und solchen Abschaum, nach dem Grund fragst, ist der Hund immer schuld.

„Der Hund macht nicht das, was ich will", heißt es dann. Falls solches Pack dieses Buch liest (wenn die überhaupt lesen können), hier der Grundkurs für Anfänger:

Ein Hund ist vergleichbar mit einem Soldaten. Er braucht eine Hierarchie. Klare Befehle, Beschäftigung und Liebe.

Wichtig ist, dass derjenige, der die Befehle gibt, weiß, wo die Reise hin geht.

Wir wollen eine sinnvolle Beschäftigung haben und gefördert werden. Hockt der Soldat wochenlang nur auf seinem Quartier; ohne Beschäftigung, ohne Training, ohne sinnvolle Aufgaben und er darf ausschließlich aufs Klo und dann wieder zurück auf sein Zimmer gehen, ist es nachvollziehbar, wenn er Blödsinn macht. So ist das bei uns Hunden auch.

Natürlich müssen wir nicht zehn Stunden am Tag beschäftigt werden. Ich lege mich auch gerne mal hin und schlafe ein paar Stündchen. Genau wie die Soldaten, möchten wir auch die Menschen schützen.

Die Soldaten machen das gerne, und wir Hunde finden es besser, wenn die Menschen selber auf sich aufpassen und wir in der Zeit einer sinnvollen Beschäftigung nachgehen können (wie fressen, schnuppern, schlafen, dösen).

Ein Unterschied ist: Viele Soldaten wollen im Rang aufsteigen und Verantwortung übernehmen. Das ist nichts für uns Hunde! Verantwortung ist gleichzusetzen mit Entscheidungen treffen. Uns reicht es, zu entscheiden, ob wir erst den Napf leeren oder vorher den Knochen fressen sollen.

Was wieder vergleichbar ist: Wir Hunde und die Soldaten leben gerne im Rudel und stehen jederzeit für unsere Kameraden ein. Es gibt so viele Dinge, die ein Soldat und wir Hunde gemeinsam haben (so wie gerne an der frischen Luft sein und sich im Dreck wälzen).

Zum Abschluss noch: Egal, ob Soldat oder Hund, ein Lob motiviert mehr, als hundert Peitschenhiebe.

Denkt mal drüber nach!

Meine ganz eigene Philosophie *(29.12.2017)*

Hallo Freunde der Marine!

Ich versuche noch dahinterzukommen, was das mit dieser Tanne im Wohnzimmer auf sich hat. Der eine glaubt, es ist endlich wieder Licht auf dem Klo, und die anderen wundern sich, dass einmal im Jahr ein bunter Baum im Haus steht.

Ich habe schon so viel mitbekommen: Es geht um das Thema „Religion". Jetzt habe ich während der sechs Jahre, die ich auf Erden reise, einige Dokumentationen und Nachrichten im Flimmerkasten (manche nennen das auch Fernsehen) mitbekommen, und beim Thema „Religion" gibt es keine Einigung. Die einen lieben und die anderen töten im Namen des Herrn.

Wie geht das? Und warum machen die das?

Wie können im Namen Gottes Kriege geführt werden?

Warum zogen die Kreuzritter los, um anderen Menschen ihren Glauben aufzuzwingen?

Wie können Sätze entstehen, in denen so was wie „der heilige Krieg" gesagt wird?

Drei Worte und ein Widerspruch (heilig und Krieg, das ist wie Essen und Kettenhaltung oder wie vergiftetes Essen).

Warum brauchen die Menschen eine „Religion", um zu lieben oder zu töten?

Sollen sie es doch in ihrem eigenen Namen machen!

In solchen Momenten bin ich dankbar, nur ein Hund zu sein, der einfach so lieben kann, ganz ohne Vorwand. Natürlich kann ich auch töten. Dazu brauche ich keine Religion, sondern ich verteidige mich oder bin auf mich gestellt und habe Hunger (und dann töte ich nicht zweihundert Büffel aus dem fahrenden Zug, wie die Siedler es in den Vereinigten Staaten machten, sondern *ein* Tier, um satt zu werden).

So einfach ist das!

Die Menschen möchten an etwas glauben. Warum machen sie es nicht so, wie wir Tiere?

Jeden Tag eine gute Tat, und wenn ich mich eines Tages zurückziehe, um meinen letzten Atemzug zu machen, wird mein Name immer im Zusammenhang mit Freude und einer schönen Erinnerung genannt werden.

So sollten alle leben, dann wäre die Welt für alle schöner, und die Menschen hätten etwas davon, so lange sie lebten.

Mein Frauchen und Herrchen handhaben es so. Abschließend noch eine Frage: Warum wird Gutmütigkeit als Dummheit und Naivität ausgelegt? Nur weil ich mein Gegenüber nicht übervorteile, bin ich dumm!? Nur weil ich meine Energie nicht dafür verwende, das Optimum für mich rauszuschlagen, bin ich naiv?

Nur weil ich es kann, *muss* ich doch nicht.

Auch wenn das jetzt nicht genau im richtigen Kontext steht, aber vom Prinzip passt es doch.

Wie Mama immer sagte: „Es ist besser, einem Hund einen Knochen zu geben, als ihm einen zu nehmen."

Gebt den Knochen ab und erfreut euch über das strahlende Gesicht. Das ist meine Bitte an euch!

Man ist nicht schwach, weil man dem anderen hilft. Man ist nicht schlau, weil man den anderen ausnutzt.

Ein Mensch hat in meiner Gegenwart gesagt: „Wenn jeder an sich denkt, ist an jeden gedacht."

Ich sage: „Wenn jeder gibt, haben alle alles." Aber ich bin nur ein Hund und kein Experte.

Die Konditionierung (26.7.2018)

Hallo Freunde der Sternschnuppen!

Ich habe gedacht, wenn Herrchen einmal was verstanden hat, brauchen wir das nicht mehr zu wiederholen. (Ist aber wohl falsch.)

Es geht mal wieder um das Thema „Apportieren". Erst hatte Herrchen sehr gute Fortschritte gemacht, und jetzt? Der Rückfall!

Wir waren bei unserem täglichen Spaziergang, und ich lief entspannt neben Herrchen. Da fiel schon wieder das Wort: „AUS!" Wer bringt denen das bei? Werden alle Kinder sonntags morgens beiseite genommen, und dann heißt es: „So, mein Sohn, (oder auch meine Tochter) heute bringe ich dir alles über „AUS" bei.".

Mein Gott, ich dachte, das Thema wäre endgültig durch, doch dann fing der schon wieder an!

Also ich ging, wie immer wenn das Wort „AUS!" fällt, erst durch ein Loch in der Hecke, um dann den Befehl auszuführen. Ihr ahnt es schon: Natürlich war Herrchen wieder sauer und hat mich wieder den Rest der Strecke ignoriert.

Nur dieses Mal erzählte er nichts davon zu Hause (zumindest das klappt besser als beim letzten Mal).

Das muss doch nicht sein! Könnte der alte Mann sich bloß merken, dass er von mir nichts bekommt, was ich in der Schnauze habe. (Soll er es sich doch selber holen, wenn er es haben will.) Nur, weil ich das Training habe schleifen lassen, kann ich jetzt wieder von vorne anfangen.

Auf der anderen Seite sollte ich auch nicht zu streng sein. Im Grunde genommen, klappt es ja. Nur wegen einem Rückfall bedeutet es nicht, dass nichts hängengeblieben ist bei ihm. Aber ich werde es im Auge behalten und euch über die weitere Entwicklung informieren.

An dieser Stelle ein Tipp von mir zum Thema Erziehung an die Menschen, die das Buch lesen: Habt ihr einen Hund, der bei jeder Gelegenheit wegrennt, der nicht hören will, der macht was er will?

Dann gibt es zwei Möglichkeiten: Erstens ihr nehmt den Freund an die Leine und sagt ihm: „Mach das und lass dies." Oder ihr seid interessanter, als die Umgebung.

Ihr habt einen Jagdhund, dann legt eine Fährte und lasst ihn nicht eine selber bestimmen.

Ihr habt einen Freund, der gerne apportiert, dann werft was. Ihr habt einen Genossen, der nicht gerne apportiert und auch nicht jagt, dann kann Fleischwurst wahre Wunder bewirken, wenn ihr mit ihm trainiert.

Es ist jetzt auch falsch, zu behaupten, Erziehung sei so leicht. Die einzelnen Kollegen sind unterschiedlich und reagieren anders. Die Details sind wichtig. Es ist auch nicht nur die Bewegung. Wenn ich die Steuererklärung für Herrchen mache, bin ich für den Tag auch erschöpft!

Das Wichtigste ist: Ihr müsst das Leittier sein und im Gegensatz zu den Menschen, ist es bei uns Hunden so, dass der Qualifizierteste den Job bekommt. Rudelführer bist du nicht, weil du dir das wünschst.

Wir Hunde leben für das Rudel. Das ist wichtiger, als alles andere. Für meinen Rudelführer würde ich sterben.

So, und jetzt überlegt mal. Seid ihr in der Position, dass euer Rudel im Notfall für euch sterben würde?

Wir Hunde brauchen ein Leittier! Wenn ihr Menschen dem Job nicht gewachsen seid, machen wir das. Ungern, aber der Job muss gemacht werden (ohne Ausnahme).

Jetzt könnt ihr Menschen vielleicht verstehen, dass es einfach nicht funktionieren kann, wenn ihr hin und wieder zu eurem Hund kommt und ihm Befehle gebt, während er das Rudel führen muss. Dass das der klügste Hund nicht versteht, ist kein Wunder. So ein Tier hat andere Sorgen, als ein Stöckchen zu holen. Der überlegt, was es heute zum Abendessen gibt, und dann dürft ihr das Stöckchen selber holen.

Der macht sich Gedanken darüber, wie er sein Rudel satt bekommt. Er fragt sich, wo könnten Gefahren lauern? Will jemand angreifen?' (Vielleicht der Kerl, der mir entgegen kommt, oder der Zweibeiner am anderen Ende der Leine.)

Versteht ihr jetzt, wie wichtig es ist, dass ihr den Part übernehmt, damit wir den Kopf frei haben?

Ich verbringe den ganzen Tag mit meinem Herrchen, der ein guter (nicht perfekter) Rudelführer ist. Der hat die richtige Mischung aus Strenge und Zuneigung raus. Der war es auch, der mir von klein auf gezeigt hat, dass im Haus Ruhe und nur draußen Action angesagt ist.

Wenn wir Gassi gehen, ist immer was los. Wenn Herrchen die Hand in seine Jackentasche steckt, hat er meine ungeteilte Aufmerksamkeit.

Dann kann auch die Katze oder der Hase an mir vorbei rennen. Das, was Herrchen macht, ist besser!

Natürlich wird nicht zweimal täglich ein Feuerwerk abgebrannt, wenn wir unterwegs sind. Und natürlich sind manche Spaziergänge auch mal so, dass über eine Stunde kein Wort fällt. (Dann bin ich damit beschäftigt, ihn zu beobachten und seine Handzeichen zu deuten. Das macht auch Spaß und ist gut für die Konzentration.)

Apropos Worte: Was glaubt ihr Menschen, ist einfacher für uns? Wichtige Informationen von einem Erziehungsberechtigten raus zu hören, der wie ein Wasserfall auf uns einredet? Oder bei einem, der fünf Worte sagt, wovon vier wichtig sind? (Und bitte auch nicht in Baby-Sprache. Wir sind doch nicht schwachsinnig! Dieses na, wo ist denn der Ball? Ja, wo iss er denn …? Mann, macht die Augen auf! Dann siehst du den Ball auch.)

Uns den ganzen Tag den Knochen hinterher zu tragen, ist auch nicht Rudelführer fördernd. Da kommt der eine oder andere von uns auf die Idee, er ist der Wichtigste im Rudel und der Wichtigste ist (na, ihr ahnt es schon): der Rudelführer.

Wie ihr ja gerade gelernt habt, hat er Wichtigeres zu tun, als einem alle Wünsche von den Augen abzulesen.

Keiner hat gesagt, dass es leicht ist, einen Hund in die Familie zu holen. Jedoch macht ihr eure Sache gut und habt ein intaktes Rudel, ist es alle Mühe wert!

Das verspreche ich euch (Ehrenwort, und nicht so ein Ehrenwort, wie von einem Politiker). Dann habt ihr einen Hund, der sich nicht Gedanken machen muss, was es heute zu essen gibt und der sich ganz auf euch konzentriert.

Ihr habt einen treuen Gefährten, der alle Befehle ausführt und ohne Leine sein Leben genießen kann.

Zusammenfassend: Seid das Leittier! Seid interessanter als die Umgebung! Und wenn dann noch genügend Auslauf und Training für den Kopf dazukommt, haben alle gewonnen. (*Genügend* ist für alle was anderes. Balu, mein Freund der Bernhardiner, dem reicht es, vierhundert Meter zu laufen und dann möchte er wieder nach Hause.)

Beim Thema „Erziehung" komme ich immer wieder auf den Soldaten zurück. Die Parallelen zum Soldaten sind frappierend. (Liebe Soldaten: nicht falsch verstehen. Für mich seid ihr alle Helden!)

Der Natur verbunden (26.7.2018)

Hallo Freunde der Sonnenuntergänge!

Mein Herrchen liebt die Natur, und als wir in der Stadt waren, ist ihm mal wieder aufgefallen, wie sehr die Städte vermüllt sind. In manchen Städten sieht es aus, wie auf der Müllhalde. Da alle Menschen sich an diese Situation schon gewöhnt haben, ist jegliche Hoffnung in ihm gestorben, eines Tages in einer sauberen Welt zu leben.

Mittlerweile ist das auch bei uns auf dem Land ein Thema. Aus dem Grund nimmt Herrchen ab und zu eine Tüte mit und sammelt den ganzen Müll am Straßenrand ein. Zu Hause ist die Tüte randvoll.

Ich merke, wie sehr er sich über die Menschen ärgert, die alles aus dem Auto werfen. Er sagt jedem, der es hören möchte (aber auch denen, die es nicht hören wollen), dass er nicht versehen kann, warum andere nicht ihren Müll an den dazu vorgesehenen Stellen entsorgen?

Weil ich weiß, wie sehr ihm das am Herzen liegt, helfe ich, wo ich kann, indem ich alle Plastikflaschen, die ich in den Wiesen finde, mit nach Hause nehme, damit Herrchen sie dann in die Tonne werfen kann. (Nur böse Zungen behaupten, ich mache das nur für die zusätzlichen Leckerchen.)

Im Sommer war mein Rudel an einem stillgelegten Steinbruch, der sich mittlerweile mit Wasser gefüllt hat und wir wollten einen schönen Tag am Wasser verbringen. Leider haben wir die erste Viertelstunde damit verbracht, die Bierdosen, Plastiktüten, Verpackungen, Kronkorken und so weiter, wegzuräumen. Und das war nur der Kram, der am Boden lag.

Herrchen und ich sind dann ins Wasser und haben bestimmt eine halbe Stunde gebraucht, die Plastikflaschen und Plastiktüten aus dem Wasser zu holen.

Erklärt mir bitte mal, ob die Menschen, die den Müll da hinterlassen haben, sich beim nächsten Besuch am Steinbruch, nicht auch an den Hinterlassenschaften stören würden? Ihr denkt, die gehen immer nur einmal hin, müllen alles zu und dann gehen die nie wieder da hin? (Das kann natürlich sein.)

Mich persönlich stört es am meisten, wenn zerbrochenes Glas am Boden liegt, an dem ich mir die Pfoten verletzen kann. Denkt immer daran, wenn ihr nicht zu Hause seid, seid ihr zu Gast in der Natur. Bitte verhaltet euch auch so!

Wenn die Dosen und Tüten alles wären …, ich habe noch sehr viel mehr gefunden. Im Straßengraben habe ich auf meinen Ausflügen schon Reifen, Baureste, Mülltüten sogar Badezimmermöbel gefunden. Gut, das kann Herrchen natürlich nicht alles schleppen und entsorgen. Aus dem Grund sagt er seinem Bekannten Bescheid (der arbeitet bei der Stadt), und der lässt das dann abholen.

Eine Frage ist mir als Hund gestattet: „Warum schmeißen die Menschen die Sachen in den Straßengraben? Wenn sie doch schon mal alles im Auto haben, brauchen sie doch nur noch bis zum nächsten Recyclinghof zu fahren, um es da kostenlos zu entsorgen?"

In der Flimmerkiste habe ich mitbekommen, es gibt Müllhalden in der freien Natur. Dann brauchen wir uns auch nicht zu wundern, wenn Tiere auf den Weltmeeren an Plastikmüll verenden. An der Küste zeigten sie auch ganze Plastikmüll-Inseln, die auf dem Wasser schwimmen und das alles nur ein paar Meter von den Menschen entfernt, die es aber nicht weiter interessierte. (Vorwiegend in Asien)

Die Menschen sind für mich ein Buch mit sieben Siegeln (oder waren es neun Siegel, oder fünf … na, egal).

Es tut mir leid ein solchen Thema anzusprechen und damit die Stimmung zu drücken (im Vorwort hatte ich euch gewarnt, dass auch Themen, die mir am Herz liegen, angesprochen werden. Auch wenn sie nicht lustig sind.)

Das Schlammbad (7.2.2018)

Hallo Freunde der deutschen Autobahn!

Ich erzähle euch nichts Neues, wenn ich sage, dass ich seit meiner Geburt Wasser im Blut habe.

Frauchen versteht nicht, dass mich Minusgrade nicht abhalten können ein gepflegtes Bad zu nehmen, in einer Traktorspur, mit dem Mischungsverhältnis von dreißig (Wasser) zu siebzig (Schlamm).

Wir haben hier auf dem Land so schöne, auf meinen Körper zugeschnittene Traktorspuren in den Wiesen. Ich liebe es, darin ein ausgiebiges Bad zu nehmen.

Ich entdecke *jede* Wasserstelle. Das geht so weit, dass Herrchen sagt: „Dich kann man in die Wüste schicken, und wenn es Wasser gibt, findest du es auch." (Das soll wohl ein Lob sein, denke ich.)

Eine ganz andere Geschichte ist Wasser aus dem Eimer in Kombination mit einem Schwamm. Dann bin ich plötzlich wasserscheu. (Ich trinke gerne mein Wasser aus dem Eimer, gerührt und nicht geschüttelt.)

Obwohl ich seit sechs Jahren jeden Tag zweimal nach dem Gassi gehen gewaschen werde (nur wegen dem bisschen Dreck), habe ich mich immer noch nicht mit dem Gedanken anfreunden können, einfach stillzuhalten, wenn der Schwamm auf mich zukommt.

Ich habe mir schon alles Mögliche einfallen lassen, um an dem Eimer mit Schwamm vorbei zu kommen. Wie z. B.: Ich habe mein Spielzeug verloren und musste es genau dann suchen, wenn der Eimer mit Wasser befüllt wurde.

Die zehn Extrarunden um den Garten helfen auch nicht. Egal, was ich mache, die beiden sind in dieser Sache gnadenlos. Ich darf mir immer wieder so was anhören, wie: „Hättest du dich eben nicht im Schlamm gewälzt, brauchte ich dich jetzt nicht mit dem Schwamm zu waschen."

Hätte, hätte …, habe ich aber, und von mir aus kann der Schlamm dranbleiben. Ich wollte schon immer wissen, wie mir ein braunes Fell stehen würde.

Meine Mitbewohner gehen doch auch zu den Thermen und nehmt genüsslich ein Schlammbad?! Aber, wie Frauchen immer sagt: „Wenn zwei das Gleiche tun, ist das noch lange nicht Dasselbe." Der feine Herr Rudelführer darf im Schlamm baden, aber ich nicht. Das ist doch unfair!

Für den Sommer muss ich mir sowieso was Neues einfallen lassen, dann sind alle Traktorspuren in den Wiesen zu 100 % Schlamm (Staub), und Staub haftet nicht genug am Körper.

Was ich versuchen könnte: Ich gehe erst ins Wasser (da finde ich schon was) und dann in den Staub. Das ist genial! Warum ist mir das nicht schon vorigen Sommer eingefallen?

Ich kann den Sommer 2018 kaum erwarten, ich muss nur den Eimer und den Schwamm verschwinden lassen.

Hallo Freunde, ich hoffe, meine kleinen Anekdoten haben euch schmunzeln lassen.

In unserem Interesse hoffe ich ebenfalls, dass die Menschen, die es gelesen haben, nicht nur herzhaft gelacht, sondern auch was gelernt haben. (Die noch Nachhilfe brauchten.)

Dann ist das Buch ein voller Erfolg!

Natürlich beruht alles im Buch auf meinen persönlichen Erfahrungen, und ich bin nur ein Hund und kein Experte.

In dem Sinne, bleibt gesund!

Über Mundpropaganda würde ich mich sehr freuen.
Und nutzt auch soziale Netzwerke, um mein Buch zu promoten.
Das kann für uns Hunde nur von Vorteil sein.

Ich danke euch.

Bones

.

Zeitfracht Medien GmbH
Ferdinand-Jühlke-Straße 7
99095 Erfurt, Deutschland
produktsicherheit@kolibri360.de